Testi: Susanna Tamaro
Illustrazioni: Adriano Gon
Progetto grafico: Simonetta Zuddas

www.giunti.it

Via Bolognese, 165 – 50139 Firenze – Italia
Piazza Virgilio, 4 – 20122 Milano – Italia
Prima edizione: ottobre 2014

Ristampa	Anno
6 5 4 3 2 1 0	2017 2016 2015 2014

FSC
www.fsc.org
MISTO
Carta da fonti gestite in maniera responsabile
FSC® C023532

Stampato presso Giunti Industrie Grafiche S.p.A. - Stabilimento di Prato

SUSANNA TAMARO

SALTA, BART!

illustrazioni di

Adriano Gon

GIUNTI Junior

1. Un bambino unico al mondo

Bartolomeo Leonardo Atari Commodore aveva dieci anni e viveva nel quartiere residenziale di una grande città. La casa in cui abitava era stata acquistata dai suoi genitori quando avevano deciso che, di lì a non molto, la famiglia si sarebbe accresciuta. Era un appartamento spazioso, pieno di luce, dotato di tutte le più moderne innovazioni della domotica.

La mamma, Amaranta, lavorava in una multinazionale e viaggiava molto, mentre il padre, Pierfrancesco, era un pilota di aerei, sempre in giro per il mondo.

I suoi genitori si erano conosciuti in una chat in rete.

Chattando e chattando, nella solitudine delle loro notti, si erano presto resi conto di avere molti punti in comune.

Per questo, seppure con una lieve esitazione, perlomeno da parte della mamma, a un certo punto avevano deciso di incontrarsi. Una volta rivelati i loro veri nomi, Pierfrancesco e Amaranta – quel nome le era stato dato perché l'amaranto era il colore preferito di sua madre – avevano scoperto di abitare in città lontanissime tra loro. Ma questo non li aveva scoraggiati.

Anzi.

Amaranta si emozionava sempre quando raccontava a Bart questo passaggio. «Per tre notti non ho dormito e quando sono andata all'appuntamento mi tremavano le gambe. Avevo una terribile paura che fosse diverso da quello che avevo immaginato».

Invece, fin dal primo istante, si erano trovati entrambi perfetti.

Dato che tutt'e due avevano superato da un po' i trent'anni, decisero di fare le analisi genetiche di rito e soltanto dopo avere avuto un responso positivo – non c'era nessuna ombra minacciosa nel lascito dei loro rispettivi antenati e i loro Dna sembravano davvero fatti per produrre qualcosa di eccellente – concordarono che era arrivato il momento di mettere in piedi il loro progetto genitoriale.

Amaranta si accorse che qualcosa nel suo corpo stava cambiando già tre mesi dopo il trasloco nella nuova casa.

Date le premesse, erano sicuri che il bambino avrebbe potuto avere un destino sfavillante e, per questo, si misero subito alla ricerca di un nome che calzasse a pennello.

Un nome, cioè, che contenesse il segno di qualcosa di grande.

«Leonardo!» venne subito alle labbra di entrambi.

Scoppiarono a ridere, guardandosi.

Che altro nome poteva avere il loro bambino?

Un genio più grande di Leonardo – inventore, scienziato, pittore, scrittore – al mondo non era mai comparso.

Leonardo, sì, sarebbe stato Leonardo, non c'era ombra di dubbio.

Ma Leonardo solo era un po' poco.

«Più nomi si ha, più importanti si è» disse Pierfrancesco.

Così aggiunsero Wolfgang, in onore di Mozart; Charles, in onore di Darwin; Vincent, per van Gogh e, alla fine, Atari Commodore per ricordare il primo computer entrato nelle case di tutti.

«Leonardo Wolfgang Charles Vincent Atari Commodore?» ripeterono i nonni stupefatti, appena vennero loro comunicati i nomi dell'erede. «Non se ne parla proprio!»

Scoppiò una discussione piuttosto vivace.

«Carmelo!» gridarono i genitori di Amaranta.

«Bartolomeo!» urlarono ancora più forte quelli di Pierfrancesco.

«Carmelo, come il bisnonno!»

«Bartolomeo, come il trisavolo!»

Alla fine la vittoria se l'aggiudicarono i nonni paterni. Il padre di Pierfrancesco, infatti, possedeva una magnifica concessionaria di auto antiche, mentre, di suo, quello di Amaranta aveva soltanto una modesta casa di campagna, con orto e frutteto, in cui viveva con la moglie.

Dato che la tecnica evolve ma il cuore degli uomini è sempre lo stesso, alla fine il neo papà abbozzò:

«E sia Bartolomeo … ».

La sera stessa dovette consolare a lungo Amaranta che era piena di rabbia: «Perché hai ceduto alla prepotenza di tuo padre?» ripeteva con le labbra strette.

«Perché far loro un torto? Sono anziani e non ci costa molto... »

«Non ci costa molto? Non ci costa molto? Un nome da vecchio! Un nome che farà ridere tutti!»

Si calmò soltanto quando lui le disse: «Faremo così. A casa lo chiameremo Bart».

«Bart?» ripeté Amaranta. «Bart! Mmm... Non suona male. E poi, in fondo, se deve fare qualcosa di straordinario, è meglio che abbia un nome diverso da tutti. Magari un giorno, i bambini verranno chiamati Bartolomeo proprio in suo onore».

Così, una mattina di estate piena di sole – per la gioia dei suoi genitori e dei suoi nonni – Bartolomeo Leonardo Atari Commodore venne al mondo.

Per i primi dieci anni della sua vita, Bart crebbe come un bambino obbediente e sereno. Ogni sei mesi, i suoi genitori aggiornavano il sistema elettronico della casa per mantenere alto il livello del comfort.

A sette mesi, Bart aveva già ricevuto il primo tablet.

A un anno, grazie allo stereo inserito nel cuscino, aveva già ascoltato l'intera opera di Mozart e addirittura, tenendosi ritto alle sbarre della culla, battendo il piedino, aveva accompagnato il ritmo di alcune sinfonie.

Quando Bart cominciò ad andare a scuola, sua madre ricevette un incarico di grande responsabilità che l'avrebbe costretta a viaggiare molto. Amaranta non esitò ad accettare, anche perché Bart era ormai in grado di badare a se stesso.

In ogni stanza, infatti, aveva fatto installare uno schermo che le avrebbe permesso di essere sempre presente. Bastava che Bart premesse un tasto e Amaranta, in qualsiasi parte del mondo fosse, gli sarebbe subito comparsa davanti. Lo aveva inoltre dotato anche di uno *watchphone,* un telefono da polso, con le stesse funzioni, così avrebbero potuto rimanere in contatto anche quando era a scuola o per strada.

La mamma chiamava il papà con il suo nome, Pierfrancesco, e pretendeva che Bart facesse lo stesso con lei.

«Capisci, tesoro?» gli aveva detto una volta, quando era più piccolo. «Di mamme ce ne sono a migliaia, milioni, miliardi al mondo. Ma io per te voglio essere unica, come tu sei unico per me. Per questo io per te sarò sempre e solo Amaranta. Io non ti chiamerò mai figlio e tu non mi chiamerai mai mamma. Promesso? E, naturalmente, non chiamerai mai papà il papà, ma soltanto Pierfrancesco. Intesi?»

Poi l'aveva stretto forte tra le braccia e aveva ripetuto la loro formula magica: *Ailaviuailaviuailaviu.*

Ailaviu era diventata così la forma di chiusura di tutti i loro dialoghi telematici. *Ailaviuailaviuailaviu,* si ripetevano vicendevolmente, poi Bart accostava una sedia allo schermo e scoccava un bacio sulla guancia elettronica di Amaranta.

Ormai Amaranta veniva a casa non più di due o tre giorni a settimana, mentre Pierfrancesco sorvolava la loro città una volta ogni due mesi. Durante l'estate, però, trascorrevano ben due settimane tutti insieme. Di solito prendevano un bel po' di aerei, dato che per Pierfrancesco erano gratis e arrivavano in qualche mega albergo su qualche spiaggia tropicale. Lì, i suoi genitori si sdraiavano a bordo della piscina e passavano il loro tempo tra la Spa – il luogo dove si facevano i massaggi e le cure di bellezza, gli aveva spiegato Amaranta – e interminabili conversazioni al tablet. Fotografavano qualsiasi cosa insolita – un piatto esotico, un geco, qualche abitante locale in costume tipico – e le inviavano tramite Facebook ai loro amici rimasti a casa, i quali, a loro volta, rispondevano: «*Wow!* Che invidia!», aggiungendo qualche battuta spiritosa.

Bart invece, dopo la colazione, raggiungeva il gruppo degli animatori e passava tutta la giornata con loro. Purtroppo per lui, si facevano diversi tornei di abilità fisica – giochi in piscina, con la palla, tiro con l'arco o con la fune – categorie per le quali Bart era assolutamente negato. Quando poi gli animatori erano stufi, li mettevano tutti nella sala dei videogiochi e li abbandonavano lì, davanti agli schermi luminosi. Poi, prima di ripartire, Amaranta, Pierfrancesco e Bart si facevano fare una foto tutti insieme sulla spiaggia.

«Ti sei divertito?» gli chiedeva immancabilmente la mamma, alla fine della vacanza.

«Sì, certo» rispondeva immancabilmente Bart.

Durante il lungo viaggio aereo di ritorno, mentre i suoi genitori, abbronzati e distesi, sonnecchiavano accanto a lui, veniva sempre preso da uno strano turbamento.

Davvero si era divertito?

O forse aveva detto una bugia?

E che cosa voleva dire davvero "divertirsi"?

Tornare a casa, comunque, era sempre un sollievo. Lì c'era il mondo che conosceva, lì nessuno gli chiedeva di divertirsi facendo cose di cui non capiva il senso.

Dato che Bart non aveva fratelli e i nonni vivevano molto lontani, le sue giornate erano scandite unicamente dal programma che la mamma aveva inserito nella centralina robotica della casa.

Durante i giorni di scuola, la sveglia suonava sempre alle sette precise. Appena il letto lo scaricava giù, chinandosi meccanicamente verso il pavimento, si accendevano le luci del bagno e quelle della cucina.

Quattro minuti esatti erano per la doccia, due per lavarsi i denti, quattro per fare *plin plin* e *plon plon*.

Infatti, dopo dieci minuti esatti, in cucina il tostapane buttava fuori le sue fette; il microonde la cioccolata calda e lo spremiagrumi faceva il suo lavoro spremendo esattamente due arance.

Otto minuti per mangiare e poi compariva la mamma sul video. Di solito era ancora in vestaglia e, dietro di lei, si vedeva una stanza di albergo.

«*Ailaviuailaviuailaviu*. Buongiorno tesoro, come hai dormito?»

«Benissimo mamm… Amaranta».

Allora la mamma consultava il suo tablet.

«A dire il vero, leggendo il tracciato dei sensori del cuscino e delle lenzuola, pare che tra le tre e le tre e dieci, in fase rem, tu abbia avuto un incubo».

«No».

«Sei sicuro? Forse non te lo ricordi?»

«Ehm ... No, non mi ricordo niente».

«Mi stai dicendo la verità?»

«Certo».

«Non vorrei ci fosse qualcosa che ti turba».

«No, non c'è niente. Davvero».

Rassicurata, la mamma passava al sensore installato in bagno. Davanti al lavandino era andato tutto bene – mani, denti, faccia in tempo perfetto – ma sul gabinetto c'era stato qualche problema.

«Hai fatto *plin plin*?»

«Sì».

«Però il sensore mi segnala un'anomalia dei valori. Hai bevuto abbastanza ieri?»

«Credo di sì ... »

«I due litri che ha prescritto il dottore?»

«Forse un po' meno».

«Se domani non migliorano, dovremmo fare un controllo ulteriore nella dieta. Troppi corpi chetonici probabilmente. Mmm ... e *plon plon*? Qui mi segnala: niente! È così?»

Bart di solito, a quel punto, guardava per terra.

«Sì, purtroppo è così».

«Non riesco a capire perché. Hai mangiato le venti prugne di prammatica?»

Per fortuna Amaranta non si era procurata ancora l'ultimo modello di *Pinok*, il sensore catturabugie.

«Naturalmente!» rispondeva con troppo entusiasmo Bart. Invece, dato che le odiava, le aveva gettate nel primo cassonetto che aveva incontrato, andando a scuola.

«Allora dovremmo prendere provvedimenti più seri, la purg... »

Per fortuna, prima che quel minaccioso programma prendesse consistenza, di solito iniziava a lampeggiare un *led* rosso in alto a destra. Il tempo della conversazione del mattino stava per scadere.

«Baciobacio» diceva allora Amaranta.

«Baciobacio» rispondeva Bart prima di salire sulla sedia e baciare lo schermo.

Se non c'erano eventi straordinari, Amaranta compariva di norma tre volte al giorno. Al mattino, al ritorno da scuola, e alla sera. Diverse telecamere dotate di sensori a raggi infrarossi seguivano ogni suo movimento nelle varie stanze della casa, in terrazza, lungo le scale, fin sopra il portone del palazzo. Altri dispositivi erano stati piazzati sullo zainetto, mentre il suo *watchphone,* al polso, era sempre aperto per le comunicazioni urgenti.

Dato che il *Pinok* – il sensore catturabugie che si azionava alla minima modifica del calore delle guance e ai millimetrici spostamenti in avanti del naso – non era finora entrato nel loro appartamento, per Bart era ancora possibile non dire tutta la verità, nei loro colloqui a distanza. Mentiva quasi sempre, infatti, sulle prugne e gli altri intrugli che Amaranta gli propinava, sperando che il suo livello di *plon plon* diventasse consono a quello indicato dalle tabelle per i bambini della sua età e del suo peso.

Avrebbe dovuto fare almeno quattro etti di *plon plon* al giorno, ma le volte che raggiungeva i due erano già un miracolo. A dire il vero, una volta aveva anche cercato di modificare il sensore pesa *plon plon,* nascosto sotto la tavoletta, entrando in bagno al buio per oscurare la telecamera, ma era stata un'impresa impossibile.

Così, non essendo riuscito a sabotare la tecnica, un giorno Bart era ricorso alla creatività artigianale. Aveva infilato nelle tasche del pigiama tre o quattro pallottole di plastilina marrone e, un paio di volte alla settimana, le faceva scivolare con abile gesto nella tazza, mentre era seduto sul water.

Plong plong!
Pluff pluff!

Di solito Bart ricorreva a questo stratagemma quando si profilava l'orrenda soluzione della purga all'orizzonte. Ignaro delle sue conseguenze, l'aveva presa una volta sola, e quella volta gli era bastata. Il sapore non era neanche male – poteva essere un'aranciata o qualcosa di simile – ma appena quell'apparentemente innocua bevanda era arrivata nella sua pancia, aveva scatenato il finimondo, come se due eserciti avessero cominciato a combattere senza esclusione di colpi, invadendo ogni ansa dell'intestino e facendolo piegare in due dal dolore.

Quella volta aveva fatto appena in tempo ad alzarsi e a raggiungere il bagno, prima che avvenisse una vera e propria catastrofe. E in bagno, sulla tazza, era rimasto tutta la notte. La forza del *plon plon* era tale che, a momenti, più che un essere umano, si era sentito un razzo in procinto di staccarsi dalla rampa di lancio.

Superspronzspronzspruuuuzz

All'alba, sfinito, era tornato a letto e aveva giurato che quella sarebbe stata la prima e ultima volta della sua vita.

Sul tablet aveva cercato la parola giusta per definire l'evento e presto l'aveva trovata. "Anatema"! Una cosa da rigettare per sempre. Sì, per tutto il resto dei suoi giorni, la purga sarebbe stata un anatema.

2. Dov'è finito Kapok?

La vita di Bart, insomma, era davvero invidiabile.

Non gli mancava nulla e dai suoi giorni era escluso qualsiasi tipo di imprevisto. Molti probabilmente avrebbero voluto essere al suo posto. Ciò nonostante, Bart si sentiva sempre più spesso solo e infelice.

L'unico amico che aveva avuto, fino ad allora, era Kapok.

Kapok era il suo orsacchiotto, il compagno fedele di tutte le notti.

Ogni sera, a luci spente, si costruivano una capanna con le coperte e lì rimanevano a chiacchierare finché il sonno non chiudeva loro gli occhi.

Kapok veniva da molto lontano e gli raccontava tante cose.

Da quando Bart aveva aperto gli occhi, si ricordava di averlo avuto al suo fianco.

Esteticamente, non lo si poteva proprio definire un bell'orsetto. Innanzitutto le quattro zampe non erano snodabili, cioè non poteva camminare o marciare. Poteva solo stare seduto con le gambe divaricate, con le braccia sempre aperte, come se stesse aspettando qualcuno da abbracciare. Gli occhi, poi, non erano di vetro, ma di plastica e questo rendeva il suo sguardo quanto mai opaco. Per non parlare del colore del pelo, che non era marrone, beige, ruggine o nero – i colori cioè di un orso che si rispetti – ma ridicolmente azzurro. Come se ciò non bastasse, al collo aveva un farfallino di stoffa a fiori e, stampato sul muso, un inguaribile sorriso.

Bart si era accorto già da tempo che la mamma non lo sopportava, ma lui amava Kapok di un amore intenso, tanto che, per parecchi anni, il momento più felice della sua vita era stato quello di andare a letto, per poter stare con lui.

All'età di tre anni – appena cioè era stato costretto a imparare a leggere – aveva scoperto anche il suo nome. *Kapok 100%* era scritto, infatti, sull'etichetta che lo accompagnava.

Lui lo chiamava Kapok, ma la mamma lo chiamava soltanto "coso". Una volta l'aveva sentita parlare con una sua amica al telefono.

«Non capisco questo suo attaccamento. Credi che abbiamo sbagliato qualcosa? A parte che è proprio orrendo, gli fa perdere tempo. Pensi che dobbiamo consultare il dottore? Ormai ha dieci anni, è imbarazzante vederlo attaccato a quel coso. Un bambino con il suo quoziente di intelligenza! Pensa che vorrebbe addirittura portarselo con sé in giro per la casa. Su questo almeno sono riuscita a bloccarlo. 'Coso resta a letto' gli ho intimato. 'E non si discute' Per fortuna Bart è molto obbediente. Però, sì. Quello che mi suggerisci, sembra la soluzione migliore. Sì, sì, ti farò sapere».

Qualche giorno dopo era successa la catastrofe.

La sera, infilandosi tra le coperte, al posto di Kapok, Bart aveva trovato un altro orso. Era più grande, con un magnifico pelo marrone scuro, due occhi di vetro che brillavano come stelle. Solo sfiorandolo, aveva cominciato a parlargli in inglese.

«*Good evening, dear child, I am your new bear and I will tell you a lot of stories. Press start, please, and choose your favorite program*».

È difficile spiegare quali furono i sentimenti che provò Bart, in quell'istante, perché erano i primi e i più forti della sua vita. In essi, però, non c'era niente di positivo. La prima sensazione fu quella di precipitare in un gorgo nero senza fondo.

Non riusciva più a respirare.

Un artiglio aveva afferrato il suo cuore e cercava di strapparlo dal suo sito naturale.

Fino ad allora Bart non si era mai accorto di possedere un cuore, e soprattuto che, proprio in quel punto preciso, si potesse provare tanto dolore.

Per tutta la notte si era girato e rigirato nel letto, senza riuscire a prendere sonno.

Non appena le prime luci dell'alba erano filtrate dalla tapparella, la voce del nuovo orso aveva invaso la stanza.

«*Good morning, my child! Wake up, today is a beautiful day, the sun is shining and...*»

Allora Bart fece l'unica cosa che aveva voglia di fare.

Lo afferrò per una zampa e lo sbatté con violenza contro il muro.

Poi si infilò le pantofole e corse in cucina.

Forse non tutto era perduto!

Aprendo il coperchio della spazzatura, il suo cuore andava a mille. Se Kapok fosse stato ancora là ... Purtroppo, il recipiente era ancora intonso. Oltre a due filtri di tisane depurative e delle bucce di arancia, sul fondo non c'era niente.

Allora uscì di corsa dall'appartamento, volò giù per le scale e arrivò in strada, giusto in tempo per vedere il camion della spazzatura riversare il contenuto del grande cassonetto al suo interno.

Bart rimase lì immobile, pietrificato, con la bocca spalancata per lo sforzo. Quando gli parve di vedere tra la cascata di rifiuti, brillare qualcosa di azzurro, anche il suo cuore divenne immobile, pesante e freddo come un sasso.

Dato che non esistono sensori in grado di decifrare i movimenti del cuore, né Amaranta né tanto meno Pierfrancesco si accorsero subito che qualcosa era cambiato all'interno del loro bambino.

Soltanto nei mesi seguenti, i sensori che controllavano il suo sonno segnalarono loro delle frequenti alterazioni dei parametri notturni.

Preoccupata, Amaranta allora lo interrogò sui motivi di questo inspiegabile turbamento.

«Voglio un cane!» rispose Bart dal video.

Un suo compagno di scuola, infatti, aveva ricevuto un cucciolo e da settimane lo inondava con meravigliosi filmati sulla loro vita insieme.

Capitolo 2

«Un cane? Non se ne parla neppure!»

«E allora un gatto! Potrebbe anche uscire dal tetto».

«Escluso! Pierfrancesco è allergico al pelo».

Allora Bart aveva percorso tutto il regno animale, fino a giungere alla tartaruga e al pesce rosso.

Niente da fare.

Amaranta era stata irremovibile.

«Non che non mi piacciano gli animali» aveva detto prima di chiudere. «Adoro vedere i documentari sulla loro vita. Ma gli animali sono animali, c'è troppa differenza tra noi e loro. E poi, alla fine, portano in casa sporcizia e una gran perdita di tempo».

Così, il fine settimana seguente, Amaranta l'aveva portato in un centro commerciale e gli aveva comprato l'ultimo modello di Tamagotchi, un pulcino virtuale che, per sopravvivere, aveva bisogno di venir nutrito ogni giorno, come uno reale.

«Vedi?» aveva detto uscendo dal negozio. «La tecnologia ci permette anche questo. Imparare a prendersi cura di un animale, senza avere gli inconvenienti che un animale vero comporta».

Naturalmente a Bart non importava proprio nulla del Tamagotchi.

Lui voleva un cucciolo caldo e peloso, con lunghe orecchie, una pancia vibrante e una lingua rosa sempre pronta a leccargli la faccia. Voleva un cucciolo che saltasse nel suo letto e gli dormisse accanto, come un tempo aveva fatto Kapok.

Allora Amaranta, con pazienza, si era seduta sul divano

accanto a lui e aveva cominciato a giocare, per tentare di coinvolgerlo.

«Uh, guarda com'è tenero» diceva, fingendo di divertirsi.

Poi, però, vedendo l'indifferenza di Bart, era passata alle recriminazioni:

«Se continui a essere così indifferente, morirà. Con quello che è costato, poi ... ».

La sera stessa, dato che il giorno dopo sarebbe ripartita, sua madre gli comunicò che, dalla settimana seguente, avrebbe cominciato a frequentare anche un corso di cinese.

Dai tabulati del programma, infatti, Amaranta e Pierfrancesco si erano accorti che il pomeriggio del martedì, loro figlio aveva ben due ore libere e non potevano certo permettersi di fargli perdere quel tempo prezioso.

Raggiunto il suo letto vuoto, Bart pensò che anche un pulcino, in fondo, non sarebbe stato male. In realtà non ne aveva mai visti dal vero, però dallo schermo sembravano caldi, teneri e pieni di allegria.

Sì, persino un minuscolo pulcino avrebbe potuto essere un antidoto al gelo che sentiva salire dentro.

Prima di addormentarsi, pensò con angoscia al corso di cinese.

Quanti corsi aveva già fatto nella sua vita?

A cinque anni parlava già quattro lingue.

Aveva suonato l'arpa celtica, il flauto del Borneo, il violino con il metodo Suzuki.

Era stato a lezione di pittura con le mani, di acquerello, di cartapesta, di ceramica Raku.

Aveva frequentato un corso per equilibristi e un altro per sviluppare l'arte della *clownerie*.

Per anni, si era congelato in piscina, bevendo acqua e cloro, per acquisire uno stile perfetto e proprio ora che su di lui stava incombendo un corso di tuffi – la fissazione di Pierfrancesco, che in gioventù era stato un piccolo campione, prima di passare al paracadutismo – ecco che gli piombava in testa anche il corso di cinese!

Amaranta e Pierfrancesco volevano sempre che Bart fosse il primo in qualcosa, mentre a Bart di essere il primo non importava proprio niente. Anzi, a volte gli riusciva piuttosto difficile.

Fino ad allora si era sforzato di non deluderli mai.

«Sei contento?» gli chiedevano all'uscita dalle varie scuole.

«Sì» aveva sempre risposto, anche se con troppo entusiasmo.

Ormai era arrivato persino ad augurarsi che Amaranta comprasse il sensore *Pinok*, in modo da poter farle leggere finalmente i suoi pensieri.

Ma sarebbe stato meglio o peggio?

Gli avrebbe voluto ancora bene?

E poi, che cos'era il bene?

Di una cosa sola era certo. Lui aveva voluto molto bene a Kapok. Kapok però non c'era più, era finito in una discarica, triturato assieme agli altri rifiuti e, all'orizzonte, non si profilava neanche l'ombra di un minuscolo pulcino.

Con quei pensieri tristi, Bart si addormentò e sognò poche cose e confuse, ma tutte di colore giallo azzurro.

Sopra la sua testa, c'era il soffitto della camera.

Sopra il soffitto, il tetto.

E, sopra il tetto, il cielo, con decine e decine di aerei che lampeggiavano nella notte.

Sopra gli aerei, c'erano i satelliti, gelidi e ottusamente regolari nel percorrere la loro orbita intorno alla terra.

Sopra i satelliti – molto sopra – per fortuna, c'erano ancora le stelle.

E sapete come funzionano le stelle?

Come un enorme e antichissimo orologio meccanico.

Clac clac clac, una gira di qua, *clic clic clic,* una gira di là, e quando un *clic* e un *clac* si incontrano, un invisibile raggio scende sulla terra e qualche cosa di straordinario, da qualche parte, prima o poi si avvera.

3. Bart va a scuola di tuffi

La scuola di tuffi e le lezioni di cinese cominciarono la stessa settimana.

Si trovavano in due parti opposte della città e, per raggiungerle, Bart era costretto a prendere la metro e diversi autobus.

Prima di allora non era mai andato così lontano da casa, da solo.

Se non avessero inventato il *watchphone*. Amaranta non glielo avrebbe permesso.

La città, infatti, era piena di pericoli.

«Non parlare con gli sconosciuti. Non dare la mano a nessuno. Non toccare i tablet, né gli smartphone di altre persone. Non mangiare niente, né bere niente di quello che ti offrono. Non guardare nessuno negli occhi e non rispondere a nessuna domanda. Capito? E poi tieni sempre acceso il *watchphone,* così ti posso vedere e seguire con il satellitare».

La prima uscita si era rivelata un vero incubo.

Ogni trenta secondi, Amaranta si faceva viva.

«Sei sulla metro? In che vagone ti trovi? Hai trovato un posto comodo? La temperatura è giusta? Troppo freddo? Troppo caldo? Devi fare *plin plin*?»

Bart non era riuscito a regolare l'audio, cosicché tutti i passeggeri avevano potuto ascoltare la loro conversazione, mentre il suo viso diventava sempre più rosso.

Non per il caldo, ma per la vergogna.

Amaranta interruppe i contatti soltanto quando vide Bart varcare l'ingresso della piscina.

Era una fredda giornata d'inverno e, solo all'idea di spogliarsi, Bart cominciò a tremare. Tremò anche quando, ormai in accappatoio, si presentò all'allenatore.

«E così tu saresti il figlio del nostro campione? Benvenuto tra noi, giovanotto!»

Giovanotto!

Quella parola da *sgrinch* nella pancia.

Suo padre lo chiamava sempre così, e Bart non lo sopportava.

«Ragazzi, attenzione!» disse allora l'allenatore, battendo le mani. «Da oggi si unisce a noi Bart. Bart è il figlio di un campione. Un bell'applauso di incoraggiamento!»

Tutti i presenti batterono le mani con foga ma, in quell'applauso, che comunque fece avvampare Bart, non c'era traccia di benevolenza, né tanto meno di amicizia. Parecchi di loro, infatti, stavano sghignazzando, dandosi dei colpi di gomito l'un l'altro.

Per l'imbarazzo Bart abbassò lo sguardo e... Straorrore! Si accorse della ragione di tanta ilarità. Nella fretta dell'uscita aveva preso, invece del suo costume, la parte sotto di uno di

Amaranta. Il peggiore dei suoi costumi! Quello con i cuori trafitti da una freccia, chiuso da due fiocchi al fianco che terminavano con dei campanellini tintinnanti.

«Devo andare ... » balbettò allora all'istruttore, che sembrò non sentirlo.

«Unisciti agli altri, giovanotto» gli disse, prendendolo affettuosamente per il collo. «Cominciamo con il riscaldamento».

Flessioni, piegamenti, addominali, salti sul tappeto elastico. Tutte cose che Bart non era in grado di fare. I suoi compagni erano forti e atletici e passavano da un esercizio all'altro senza alcun problema. Anzi, sembravano persino divertirsi.

La catastrofe arrivò alla fine degli esercizi di riscaldamento.

«Vogliamo dare al nostro nuovo amico la possibilità di mostrarci per primo cosa sa fare?» disse l'istruttore, gongolante.

Tutti annuirono felici, cominciando a battere le mani.

«Bart! Bart! Bart!»

Fino ad allora, Bart aveva sempre usato le scalette per scendere in acqua. Anche le rare volte che, in vacanza, spinto dagli animatori, era stato costretto a fare diversamente, era piombato giù come un sacco di patate.

"Oh, perché non ho fatto un corso per sparire con la forza del pensiero?" si chiese, avviandosi tremebondo al trampolino da un metro.

«Da uno?» tuonò l'istruttore, vedendolo salire sulla scaletta d'acciaio. «Il figlio del campione?!? Non se ne parla! Almeno da tre!»

«Da tre, da tre!» ripeteva il coro, sempre più scalmanato.

Le piastrelle del pavimento erano gelate e scivolose, Bart procedeva piano, per paura di mettere un piede in fallo e precipitare.

Come se non bastasse, ogni suo passo era accompagnato dal tintinnio dei campanelli ai suoi fianchi.

Tlin tlin tlintlin tlin

Bart iniziò a salire lentamente le scale del trampolino.

«*Aloha! Aloha!*» gridò qualcuno dal basso, forse ispirato dal suo costume.

«*Aloha!*» risposero in coro gli altri.

Il trampolino, sotto i suoi piedi, era ruvido.

Bart prese un grande respiro, poi, rigido per il terrore come un geroglifico egizio, s'incamminò verso il bordo.

Ciò che prima sembrava solido, avanzando iniziò a tremare. Dalla tavola, il tremito passò dritto alle gambe fino a raggiungere le orecchie. Sotto di lui, l'acqua sembrava minacciosa, immobile e lontanissima.

Come sarebbe caduto?

Di pancia?

Di schiena?

Di sedere?

E se, tuffandosi, fosse andato troppo in fondo e non fosse più riuscito a risalire? Sarebbe rimasto là sotto annaspando, mentre i polmoni scoppiavano. E se, invece, avesse sbattuto la testa o la schiena sullo spigolo dell'asse? O, peggio ancora, se si fossero sciolti i laccetti del costume?

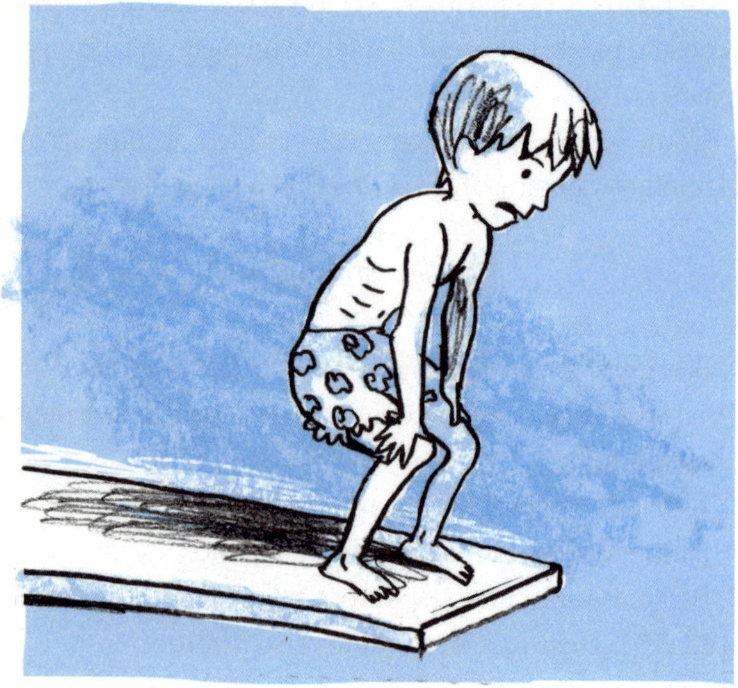

Il coro sotto era ormai un rombo.

"Meno male che non ho lo *watchphone* al polso ..." pensò.

Bart deglutì rumorosamente un paio di volte, cercando di tirarsi su in tutta la sua dignitosa grandezza. Poi, con una voce non altrettanto ferma, mormorò:

«Preferisco di no».

Detto ciò, con cautela, si girò per tornare indietro.

Per un istante, sotto le alte volte della piscina, scese un silenzio incredulo che esplose poi in una bordata di fischi e urla, non appena Bart mise nuovamente un piede a terra.

«Buuuuu! Buuuu!»

«Ragazzi, comprensione ed educazione!» disse allora l'allenatore, alzando le braccia e cercando di calmarli. «Al mondo esistono anche delle persone timide! Suo padre era un campione e Bart sicuramente ne avrà ereditato la stoffa. Ricordatevi che è solo dei grandi sapersi fermare e scegliere il momento giusto».

Le sue parole ottennero solo in parte l'effetto desiderato.

Appena arrivati negli spogliatoi, infatti, i compagni più grandi lo circondarono, cantando:

«*Aloha, Aloha!* Mostraci la coda! La coda da coniglio, di cui tu sei il degno figlio! *Aloha, Aloha,* la coda da coniglio!».

Prima di uscire, lo sollevarono letteralmente dal pavimento, gridandogli:

«Questa non è una conigliera, chiaro!?!».

Quella sera Pierfrancesco chiamò da Novosibirsk.

«Allora giovanotto, che cosa mi racconti? Come è andata la prima lezione?»

«Bb… bene».

«Quante flessioni?»

«Cinquanta».

«Molto bene. Addominali?»

«Trecento».

«Ottimo, giovanotto, ottimo! E i tuffi?»

«Da tre metri. Doppio… doppio carpiato».

«Di già? Fantastico! Fantastico! E a quando la prima gara?»

«Ehm… Presto. Abbastanza presto».

«Allora, sai una cosa? Ti prometto che, ovunque sarò, lascerò tutto per venire a vederti».

Bart deglutì. «Oh, grazie ... »

«Buonanotte, giovanotto!»

«Buonanotte».

Infilandosi sotto le coperte quella sera, Bart provò più freddo del solito. Tremava ancora ripensando all'esperienza del pomeriggio.

Non finiva di stupirsi del fatto che i suoi genitori credessero a tutto quello che diceva loro.

Ma per quanto sarebbe potuto andare avanti così?

La questione della gara era davvero un atroce pasticcio.

4. Guarda a terra!

Alla scuola di cinese andò un po' meglio.

Non c'erano luci al neon, e neppure gente che gridava. Soltanto dei grandi fogli bianchi appesi alla parete e un po' di persone di tutte le età sedute tra i banchi.

Per fortuna nessuno faceva caso alla sua presenza.

Davanti a ogni allievo, era posata una tavoletta di pietra con dell'inchiostro da sciogliere e alcuni pennelli, spessi e pelosi come scoiattoli.

Il maestro faceva un tratto, e tutti dovevano copiare quel tratto. Con i tratti, si formavano parole che sembravano disegni. Si chiamavano ideogrammi.

Nella prima lezione imparò a scrivere "donna" e "bambino", oltre alla parola "buono", che si otteneva accostando "donna" a "bambino".

Come compito per la settimana, Bart doveva esercitarsi a scrivere "amico", che era un po' come due mani strette una nell'altra.

All'uscita da scuola c'era ancora luce e così, senza riaccendere lo *watchphone,* Bart decise di attraversare il parco a piedi, invece di prendere l'autobus. Sugli alberi si stavano già gonfiando i boccioli che, a breve, si sarebbero trasformati in foglie, e l'aria era solcata da uccellini che volavano con qualcosa nel becco. L'orrore del pomeriggio in piscina sembrava lontanissimo. Lo stagno era pieno di papere che starnazzavano e alcuni bambini stavano lanciando loro dei pezzi di pane. Qualche fortunata persona portava il suo cane a spasso.

Là dentro, più che l'odore dello smog, si sentiva quello della terra.

Bart non si era mai accorto prima di allora che la terra avesse un odore.

Amaranta aveva orrore degli odori così gli unici profumi che Bart conosceva erano quelli dei diffusori elettronici. *Brezza marina* e *Bouquet di giaggioli.*

Mandò un sms a sua madre, dicendo che la lezione di cinese durava tre ore, poi si sedette su una panchina poco distante dal laghetto.

"Venendo ogni settimana" pensò Bart "potrei portare del pane o delle nocciole, e diventare così amico di un cigno, o magari anche di uno scoiattolo. Basterebbe anche un passero" stava dicendosi, quando un vecchio cinese si sedette accanto a lui, con un grosso sacco sulle spalle.

Era il caso di alzarsi?

Di fuggire lontano?

A dire il vero, non sembrava pericoloso.

Il vecchio fece un profondo sospiro, poi prese tre monetine e gliele porse.

Bart ritrasse leggermente la mano.

«No, grazie signore. Non ... »

Il vecchio continuava a sorridere, imperturbabile.

«Tu lancia ... »

«Ehm, veramente non ho soldi e ... »

«Niente soldi ... Lancia!»

«Non so se è molto igienico ... »

«Niente igienico. Lancia!»

Titubante, Bart prese le monetine in mano e le lanciò una alla volta.

Caddero sul cartone che il cinese aveva in mano.

Lui le guardò e sorrise.

«Lancia di nuovo!»

Se c'era sopra un batterio mortale, a quel punto l'aveva già preso, pensò Bart, per cui tanto valeva rilanciare.

Le monetine caddero e il vecchio gliele fece rilanciare quattro volte.

«Ancora?» domandò dopo la sesta Bart che, intanto, ci aveva preso gusto.

«No» rispose il cinese. «Adesso basta. Adesso so».

«Ehm ... Che cosa sa?» domandò Bart titubante.

«Cuore piccolo, senza amico. Con amico, cuore diventa grande».

«Grande come?»

«Coraggioso».

«Ma io ho paura di tutto. E poi ... e poi non ho nessun amico».

Il vecchio socchiuse ancor di più gli occhi.

«Tu, quello giusto».

«Giusto per che cosa?»

«Cuore coraggioso, cuore puro. Il cielo guida passi di cuore puro oltre ostacoli».

L'anziano cinese si alzò. Nonostante l'età si muoveva con molta leggerezza.

Quando riprese il sacco in mano, Bart domandò: «Che cosa raccoglie?».

«Cose perdute» rispose il cinese, incamminandosi lungo il vialetto.

Poi, prima di sparire, disse:

«Cuore grande, guarda cielo. Cuore grande, guarda terra. Ma oggi cuore grande guarda terra. Guarda terra!».

Bart rimase per un po' seduto a fissare il vuoto.

Immaginò che suo padre o sua madre lo stessero guardando.

Cosa gli avrebbero detto?

«Ti sei fermato a parlare con uno straccivendolo sconosciuto?»

«Gli hai dato dei soldi?!?»

«Hai mangiato o bevuto qualcosa che ti ha offerto?»

«Ti sei disinfettato le mani?»

«Ma come ti è venuto in mente di fare una cosa del genere?»

Bart controllò ansiosamente lo *watchphone*.

Per fortuna era ancora spento ma, tra non molto, sarebbero scattate le tre ore della tregua.

Si avviò veloce verso l'uscita del parco.

Com'era stato sciocco, non gli aveva neanche chiesto il nome!

Chissà se sarebbe mai riuscito a ritrovarlo.

Magari in quel sacco c'era anche Kapok…

Quando Bart arrivò nei pressi di casa, il sole stava ormai tramontando. Per raggiungere il portone doveva ancora attraversare un minuscolo e lurido giardinetto, al di là del grande viale pieno di traffico.

Fu proprio camminando su quel prato spelacchiato che inciampò, cadendo lungo disteso tra lattine e cartacce.

Rialzandosi, si accorse di aver urtato quella che sembrava essere una gabbia di metallo.

Di solito, però, le gabbie contengono animali. Quella, invece, sembrava contenere soltanto uno straccio sporco.

Togliendosi il fango dai pantaloni, Bart si ricordò dell'ultima frase del vecchio cinese.

«Guarda a terra! Guarda a terra!»

Era caduto perché non aveva guardato o perché quella cosa, in qualche modo, lo riguardava?

Bart optò per la seconda ipotesi e così, dopo aver lanciato un'occhiata intorno, per essere sicuro che nessuno lo vedesse, avvolse quella specie di gabbia con i grandi fogli degli ideogrammi e si avviò verso casa.

Una volta nell'appartamento, riuscì a nasconderla in un punto cieco della terrazza, un attimo prima che si accendesse lo schermo serale e la voce di Amaranta echeggiasse nell'aria.

«*Ailaviuailaviuailaviu*».

«*Ailaviuailaviuailaviu*».

«Com'è andata oggi?»

«Benissimo» rispose Bart. Poi, per farla contenta, disse quattro o cinque parole in cinese: «*Kou, bi, lei, kan*».

«Ottimo!» disse Amaranta radiosa. «I sensori mi dicono che la temperatura si è alzata di quattro gradi. Da domani dunque partiremo con la dieta purificante di primavera. Legumi, frutta, verdura, tè *bancha*. E integratori, per compensare la perdita di liquidi. Baciobacio!»

«Baciobacio! Buonanotte!»

5. Un alieno di nome Zoe

Ma quella notte non fu buona.

Fu una notte terrificante o magnifica, dipende dai punti di vista.

Mentre era già sotto le coperte aveva sentito un debole rumore provenire dal terrazzo.

In un primo momento aveva pensato che fosse del vento, ma, quando il rumore si era ripetuto, aveva capito che si trattava di qualcosa di diverso.

Allora, senza accendere la luce per non scatenare i sensori, era strisciato fuori.

C'era la luna piena in cielo e si vedeva tutto con grande chiarezza. Lo straccio sporco era ancora in fondo alla gabbia.

"Cosa mi è venuto in mente di portare questa porcheria a casa?" pensò Bart osservandolo. "Domani, andando a scuola, lo getterò nel cassonetto".

A un tratto, però, gli era sembrato che lo straccio si muovesse.

Era stata solo una sua impressione?

Per accertarsene, Bart aveva allora infilato un dito tra le maglie della rete. Lo straccio emanava calore e si muoveva regolarmente, come se respirasse.

Cosa poteva mai essere?

Era dello stesso colore di un suo vecchio Furby, ma era più grande, e non sembrava avere una testa.

Bart prese coraggio e sganciò la porticina della gabbia.

«Aiuto! Aiutami!» disse una vocina soffocata.

Spaventato, Bart ritirò la mano di scatto.

E se fosse stato uno zombie?

«Aiuto… Aiutami…»

La voce era sempre più flebile.

«Chi… chi sei?»

«Zeta Ics 4292».

«Vieni… dallo spazio?»

«No».

«Dalle tenebre?»

«Neppure. Insomma, mi vuoi aiutare, o vuoi continuare l'interrogatorio?»

Bart esitò.

Sarebbe stato meglio prendere i guanti?

O ancor meglio, fare finta di niente?

«E allora…» lo incalzò la vocina. «Presto! Girami! Non ce la faccio più…»

Era meglio essere cauti.

«Perché devo girarti?»

«Non vedi che ho la testa sotto il corpo?»

"E se fosse una trappola?" pensò Bart.

Ma fu un pensiero breve perché, tra il timore e la curiosità, ebbe la meglio la seconda.

Con un certo ribrezzo infilò le mani dentro e voltò quella cosa parlante.

«Ah… Finalmente! Non ce la facevo più! È da quando sono precipitata a terra che stavo in quella posizione».

Bart la osservò con attenzione.

La testa di quello strano essere usciva dalla gabbia e si guardava intorno, come se stesse cercando qualcosa.

«Ho sete… Una gran sete…»

«Che cosa bevete voi?»

«Senti, Ciccio, il rispetto per le vecchie signore mi fa piacere, ma puoi darmi tranquillamente del tu. Non mi offendo!»

«Non mi chiamo Ciccio!» rispose piccato Bart. «Mi chiamo Bartolomeo Leonardo Atari Commodore».

La cosa scosse la testa.

«Mica tanto comodo però… Se devo chiamarti per intero, sarò già morta di sete».

«Tutti mi chiamano Bart».

«Ok Bart, portami dell'acqua».

«Acqua… normale…?»

La voce era diventata più debole.

«Se perdi ancora tempo non potrò farti altre domande. Morirò».

Bart aveva già visto morire il pulcino Tamagotchi, era stata una cosa terribile. Così si alzò, andò al rubinetto del balcone, riempì il sottovaso della pianta e lo portò alla cosa.

Zeta Ics 4292 tuffò letteralmente la testa e bevve a lungo con gli occhi socchiusi dal piacere.

Osservandola ora con calma, Bart pensò che somigliava molto a un volatile. Aveva un becco, ma il collo e la testa erano glabri, senza piume. Anche la parte posteriore del corpo era rosa e glabra, e non aveva la coda, mentre le unghie delle zampe erano così lunghe che si arrotolavano su se stesse come le serpentine di carnevale.

E, in più, sembravano spaventosamente affilate.

Finito di bere, Zeta Ics 4292 lentamente si assopì, e Bart ne approfittò per allontanarsi in punta di piedi. Chiuse a doppia mandata la porta della terrazza, poi andò in cucina e prese una testa d'aglio da sistemare dietro la serratura.

In un film di vampiri, infatti, aveva visto che si faceva così per evitare che entrassero nelle stanze da letto.

Si infilò nuovamente sotto le coperte, ma era troppo agitato per dormire.

Quella che gli era capitata era una cosa buona o una cosa cattiva?

E che cosa sarebbe successo il giorno dopo?

Il suo cuore era sospeso tra sentimenti contrastanti.

Cercò di placarsi per non mettere in allarme i sensori del materasso.

Quando vide la luce dell'alba filtrare nella stanza, prese dallo zainetto il tablet e si sedette sul letto.

Che cosa mai poteva essere quell'alieno?

Per non correre rischi, prima di aprire il balcone doveva saperne qualcosa di più. Digitò: *Zeta Ics 4292, con unghie spaventose, caduta dal cielo.* E ancora: *Essere che parla, di colore rosa e bianco,* poi un paio di altre voci di ricerca.

Ma quello che lesse non lo rassicurò affatto.

La realtà sembrava essere popolata di zombie, di creature mostruose, capaci di insinuarsi nelle case e nelle vite delle persone per trasformarle, a loro volta, in mostri sanguinari.

Il più delle volte, si presentavano in maniera inoffensiva, per superare le barriere della diffidenza, ma, una volta ottenuta la fiducia, le loro molecole di malignità divampavano ovunque, distruggendo il mondo di chi ingenuamente le aveva accolte.

A ogni riga, il cuore di Bart batteva più forte.

Come gli era venuto in mente di fare una stupidaggine così grande?

Tutta colpa del vecchio cinese.

Se non ci fosse stato lui, non si sarebbe mai sognato di portare a casa quella porcheria. E ora doveva anche riuscire a liberarsene senza danno e, soprattutto, senza che Amaranta si accorgesse di niente.

Tra meno di mezz'ora, infatti, si sarebbe acceso lo schermo.

Tuc tuc tuc

I suoi pensieri vennero interrotti da un ticchettio sul vetro: «Baaart! Baaart! Ho fame! Ho fame!».

Bart mollò il tablet. Con cautela, aprì uno spiraglio della porta e uscì in terrazza.

«Senti» disse, con la voce più dura che era capace di fare.

«Penso che questa convivenza non vada bene e quindi tra un po' ti riporterò dove ti ho trovato».

Voleva anche aggiungere che non era così tonto da cadere nei tranelli degli zombie, ma lo tenne per sé.

Zeta Ics 4292 sembrava molto delusa.

«Mi hai dato da bere, e non mi dai da mangiare?»

«Ehm ... No».

«Ma tu mangerai, vero?»

«Sì certo».

«E cosa mangerai?»

«Spremuta, toast, corn flakes ... »

«Ecco, per me, vanno benissimo i corn flakes».

«Ma ti ho detto che ... »

«Portami i corn flakes».

Dato che, nella sua vita, Bart aveva sempre ubbidito, non riuscì a ribellarsi a quell'ordine perentorio.

«Va bene, li porto. Ma dopo ... »

«Dopo, dopo, dopo! Pensa ad adesso, altrimenti muoio di fame!»

Bart uscì e ricomparve con la tazza dei suoi corn flakes. Poi tornò di corsa in casa perché stava per apparire Amaranta.

Bip bip bip

«*Ailaviuailaviuailaviu*, tesoro. Hai avuto un sonno molto agitato questa notte ... »

«Effettivamente, sì. Ero molto preoccupato per una verifica di matematica. Mi sono alzato all'alba per studiare sul tablet».

«Mmm, lo vedo, lo vedo. Ma adesso come stai? Niente ti turba, vero?»

«No, niente».

«Allora buona giornata! Baciobacio!»

«Baciobacio!»

Ormai era in ritardo. Prima di uscire, si affacciò trafelato sulla porta del terrazzo. Lo strano volatile si era appollaiato sopra la gabbietta e sembrava immerso in una beata sonnolenza.

«Ehi! Ehi!»

«Puoi chiamarmi Zoe, se vuoi».

«Ok, senti Zoe, adesso vado a scuola, poi a lezione di tuffi. Torno verso le cinque e ti riporto dove ti ho trovato, chiaro?»

«Chiarissimo» rispose Zoe, prima di risprofondare nel sonno.

«E non fare danni!» gridò Bart, chiudendo la porta.

Purtroppo, quel giorno in piscina non c'era il vecchio istruttore.

Al suo posto, Bart trovò un giovane che soffiava tutto il tempo nel fischietto. Già durante la corsa di riscaldamento, i suoi compagni avevano cominciato a spintonarlo, sussurrando:

«Vuoi una carota o un ravanello?».

Alla quarta flessione, si era schiantato a terra come un tappetino.

Il giovane istruttore era subito piombato su di lui e l'aveva sollevato per l'elastico del costume, gridando:

«Smidollato! Ne farai il doppio!».

Si era preparato al tuffo per tutta la settimana, studiando

ogni movimento dei campioni su *YouTube* e la sera, nel letto, si era convinto che ce l'avrebbe fatta.

Aveva scelto il tuffo più semplice.

Il pennello dritto.

Anche quel giorno fu il primo a salire e anche quel giorno il coro, sotto, non fu per niente gentile. Dato che il suo costume ora era blu, invece che «*Aloha*!» gridavano tutti: «*Willy il coyote! Willy il coyote!*».

Bart si deconcentrò un attimo.

Che cosa mai c'entrava *Willy il coyote* con i tuffi?

A un tratto, iniziò a ondeggiare paurosamente da una parte all'altra, sentendo qualcosa di viscido sotto i piedi. Qualcuno aveva cosparso il trampolino di scivolosissimo sapone!

Senza più la presa, Bart cadde di sedere sull'asse, poi si capovolse, sbattendo la testa.

Per effetto del rimbalzo, il trampolino lo lanciò ancora più in alto.

Annaspò disperatamente nel vuoto, prima di precipitare di schiena nell'acqua.

«Campione! Campione! Campione!» gridavano tutti, battendo le mani.

Negli spogliatoi, gli si avvicinò Filiberto, quello che tutti consideravano il capo.

«Sai ... » disse amichevole. «Prima volevamo che te ne andassi perché sei un coniglio, ma adesso ti supplico di rimanere. Rimani! Rimani, *Aloha*! Ci fai troppo divertire!»

Dicendo questo, prese del fieno da una busta e lo ficcò nella borsa di Bart.

«Tieni! Caso mai avessi appetito. I tuffi mettono fame, te ne sarai accorto».

Il coro lo seguì fino alla porta.

«Bartolomeo babbeooo... »

6. Catastrofe!

Bart arrivò a casa esausto, e anche piuttosto avvilito.

Gli eventi del pomeriggio gli avevano quasi fatto dimenticare quello che aveva lasciato in terrazza. Si buttò a peso morto sulla più morbida delle poltrone, sospirando. Ma il suo sospiro di sollievo si trasformò subito in un grido di orrore:

«Ahharrrrg!».

Lo spettacolo che si presentava davanti ai suoi occhi era spaventoso. Il pavimento del terrazzo, infatti, era pieno di macchie color marrone, e buona parte delle piante artificiali di Amaranta giacevano a terra, ridotte a brandelli.

Spalancò come una furia la porta del terrazzo:

«Ma come ti viene in mente? Che cosa hai fatto?!?».

Zoe sembrava molto tranquilla.

«Ho fatto quello che si fa quando si rimane a lungo soli. Ho cercato di mangiare e sono andata di corpo. Purtroppo, *puah*!, le piante erano tutte di plastica».

«Vuol dire che tutte quelle macchie sono ... »

«Certo, sono cacca e anche pipì, perché noi facciamo tutto insieme. Per questo ci viene un po' sciolta».

«Noi? Noi chi? Chi sei davvero?»

«Be', non sono al massimo della forma, ma credo che sia piuttosto evidente ... »

«Veramente no. Per me potresti essere uno zombie, o un batterio gigante radiocomandato».

Zoe sospirò.

«Sono un pollo. Anzi, a onor del vero, una pollastra».

«Un pollo?» ripeté Bart esterrefatto. Gli unici polli che conosceva erano quelli sotto plastica nel freezer, sotto forma di petto o di coscia. «Un vero pollo?»

«Allevamento *Creste Felici*, Zeta Ics 4292, detta Zoe, batteria 34°, capannone 14, da crescita e abbattimento rapido. Per servirti».

Bart rimase in silenzio, perplesso.

In realtà, aveva visto sul tablet delle foto di galline, ma di solito erano molto panciute, piene di piume, con delle zampe normali e delle belle creste rosse che ricadevano sulla testa come degli eleganti cappelli, oltre ad avere anche degli orecchini penduli dello stesso identico colore sotto la gola.

«Da grande sarai una gallina?» chiese timidamente Bart.

«Certo, a Dio piacendo, sì».

«E dunque, da piccola, eri un ... »

«Un pulcino, sì».

«Ohhh! Ho sempre desiderato avere un pulcino!»

«Ecco, ora ce l'hai».

«Ma sei già un pollo, anzi, una pollastra ... »

«Ma dentro di me c'è sempre il pulcino ... Se ti avvicini, te lo faccio sentire».

Bart si avvicinò.

«Pipipipipipi».

«È vero! È proprio la voce del Tamagotchi!»

«Ehi, Ciccio, vacci piano. Non sono mica un ammasso di circuiti di silicio».

«Bart, mi chiamo Bart, non Ciccio».

«Ok Bart. Sono stato un vero pulcino, sono una vera pollastra e un giorno sarò una vera gallina. Toccami, se non ci credi».

«Posso davvero?»

«Devi!»

Bart afferrò il pollo. Era piuttosto leggero ed emanava un calore costante. A dire il vero, però, anche il Tamagotchi, dopo un po' che era acceso, tendeva a surriscaldarsi.

«Non sei ancora convinto? Scuotimi allora».

Bart obbedì.

Effettivamente, non sembravano esserci circuiti, bulloni, *led*.

«Puoi guardare anche sotto le ali, non mi imbarazzo».

Bart sollevò delicatamente la misera parvenza di un'ala. Anche lì non sembrava esserci niente di anormale.

«Allora?»

«Sì, anche senza il cellophane, sembri proprio un pollo. Ma perché hai le unghie lunghe come un vampiro extraterrestre?»

«È una lunga storia ... »

In quel momento, il *bip bip* dello schermo riportò Bart alla realtà.

«Catastrofe!» gridò, balzando in casa e richiudendo con forza la tenda della porta.

Amaranta stava già chiamando da qualche minuto.

«*Ailaviuailaviuailaviu*» riecheggiava per la casa.

«*Ailaviu*» rispose trafelato Bart.

«Tutto bene in piscina?»

«Benissimo. Ho fatto un tuffo… un tuffo carpiato. Sono rimasti tutti a bocca aperta».

In qualche modo era vero.

«Sono felice. Sai che Pierfrancesco ci tiene tanto che anche tu eccella nei tuffi. Un paio di ore fa mi è giunta la segnalazione di un'anomalia in casa. Senti, sembra che ci sia una forte presenza di ammoniaca da qualche parte. Dato che è maggio, ho pensato che forse qualche sporcaccione di uccello possa aver fatto il nido sul terrazzo. Puoi controllare, tesoro? E nel caso ci fosse, distruggilo come sempre».

«Oh, no. Nessun nido, mamm… Amaranta. Dato che devo fare un esperimento di chimica per la scuola con i composti dell'ammoniaca, ho deciso di farlo in terrazza, per non sporcare. Domani sarà tutto a posto, te lo assicuro».

«Allora va bene. Ma ricordati di mettere in salotto un diffusore di brezza *Marina in tempesta*. Sabato torno, sai che non sopporto i cattivi odori. Baciobacio».

«Baciobacio».

Dopo aver chiuso la comunicazione, Bart si precipitò in terrazza.

«Dobbiamo pulire tutto! E poi, prima di sabato, devi sparire. Spa-ri-re!»

Bart cercò di sistemare alla meglio le foglie delle piante di plastica con lo scotch e la colla rapida. Poi lavò in lungo e in largo le mattonelle del terrazzo, tappandosi il naso.

«Non ho mai fatto una cosa così schifosa».

«Be', se tu mi avessi dato libero accesso al bagno, non sarebbe successo. Mi hai chiusa qua fuori».

«Da quando in qua i polli vanno al gabinetto?»

«Hai conosciuto altri polli prima di me?»

«Sì. Cioè, no» rispose Bart, non volendo ferire Zoe.

In realtà, di cosce e di petti ne aveva conosciuti parecchi, ma erano tutti arrosto, ai ferri, o panati.

«Allora perché metti il becco su quello che non conosci? Anzi, già che ci siamo, perché non mi porti in bagno? Ho viaggiato a lungo sul camion, senza potermi mai lavare né rotolare nella terra. E poi, guarda che unghie!»

Per non rischiare di farsi intercettare dai sensori e dalle telecamere sparsi nella casa, Bart indossò l'accappatoio e vi nascose sotto Zoe.

Riempì poi la vasca di acqua, aprì il paraspruzzi della doccia e posò Zoe nel bel mezzo di una nuvola di schiuma alla vaniglia.

Quando la giovane gallina fu stufa di sguazzare, Bart l'avvolse in un grande telo e la posò sulla tazza del gabinetto, pregando che il sensore fosse spento.

«Che ne dici di tagliarmi anche le unghie?»

Bart andò allora a prendere le forbicine della mamma.

«Stai attento però, guarda in controluce. Devi tagliare prima del mio capillare, che è quel filetto rosso, altrimenti farai un macello».

Finito il pedicure, Zoe scosse le poche piume, felice. Finalmente si sentiva a suo agio.

«Ti posso confidare un segreto?»

«Certo».

«Guarda sotto la mia ala sinistra».

Bart obbedì.

«Che cosa vedi?»

«Sembra ... la lanugine di un pulcino!»

«Infatti, sono ancora un po' un pulcino. Come vedi, non ti stavo mentendo».

Bart osservò Zoe con più attenzione.

Effettivamente, ora che era lavata, pulita, profumata e con le unghie corte, non era poi così male.

Anche la testa, malgrado fosse priva anche dell'ombra di una cresta, era abbastanza simile a quella di un pulcino.

Si era fatta ora di cena.

Bart mangiò il pasto 324, quello del martedì del mese di maggio, e offrì a Zoe una pannocchia riscaldata al microonde.

«Che tesoro!» esclamò Zoe, vedendo spuntare della paglia dalla sacca della piscina. «Hai pensato a me!»

«Veramente, non … »

«Tanto dormiamo insieme, no?» disse Zoe e, senza perdere tempo, prese dei fili di fieno nel becco e corse nella stanza di Bart. «Ti va bene se lo faccio vicino al tuo cuscino?»

«Fai che cosa?»

«Ma il nido, naturalmente! Dimentichi che da grande sarò una chioccia?»

Bart non aveva più forze per opporsi. Stava succedendo qualcosa che non era più in grado di controllare.

E poi, dai tempi di Kapok, non aveva sempre desiderato dormire con qualcuno che gli facesse caldo, magari anche un pulcino?

Quel pulcino, è vero, era un po' cresciuto, ma comunque faceva caldo.

Comunque era un cuore che batteva.

Zoe si installò nel suo nido, sul lato destro del cuscino. La sua ala sfiorava la guancia di Bart.

«Vuoi che ti faccia le fusa?»

«Ma non sei un gatto!»

«Se ti fa piacere, le so fare … *Ronronron*. Bravina, eh?»

«Possiamo dormire, adesso?»

«Certo!»

«*Ronronron*».

Dopo un silenzio piuttosto lungo, però, Zoe riaprì il becco.

«Bart … Baaart … »

«Eh?»

«Se allunghi un braccio e mi abbracci non mi stropiccio mica, sai».

7. Ricordati di portarmi dei vermi!

Quella notte, malgrado le piume di Zoe gli facessero solletico sul viso, Bart dormì come un sasso.

Quando alle sette in punto si mise in moto l'apparato domotico della casa, invece di balzare giù dal letto, come aveva sempre fatto, Bart si girò dall'altra parte, continuando a stringere a sé la sua nuova amica.

«Ehi! Ho detto abbracciare, mica strangolare!»

«Mmm sì, scusa. È che questo caldino... »

I minuti di ritardo sulla tabella di marcia, a quel punto, erano già più di dieci. Campanelli di allarme suonavano in tutte le stanze, mentre luci stroboscopiche perlustravano ogni angolo della casa, alla ricerca del problema.

In bagno, la carta igienica si srotolava da sola, mentre la tavoletta del gabinetto si apriva e chiudeva come il becco di una papera, invocando la sua presenza.

Sbang! Sbang! Sbang!

Zoe si portò le ali alle orecchie.

«Che incubo, mi sembra di essere al capannone 14!»

Bart aprì finalmente un occhio e si accorse che mancavano pochi minuti alla comparsa mattutina di Amaranta. Neanche volando, ce l'avrebbe fatta a far finta che tutto procedesse senza intoppi, come sempre.

Panico!

«E adesso cosa facciamo? Se si accorge che tu ... »

Rilassata, Zoe stava compiendo la sua toilette mattutina, lisciando accuratamente ogni penna.

«Sai cosa diceva mia nonna? Che bisogna essere astuti».

«Astuti?»

«Già, con chi è più forte e prepotente di te, si deve usare la capoccia. Se c'è qualcosa dentro, ovviamente ... » aggiunse ridacchiando.

«E allora?» la incalzò Bart. Il terrore si stava ormai impossessando di ogni sua fibra.

«Non puoi arrivarci da solo?»

«Un aiutino, ti prego! Un aiutino».

«Hai le mani, no? E allora, stacca».

Staccare la luce? Bart non era mai stato sfiorato da un'idea del genere.

«Dici ... Dici che posso?»

«Dico che devi, e anche alla svelta!»

Bart si precipitò al quadro dei comandi salvavita e, senza esitazioni, tirò giù l'interruttore della corrente.

Tlac!

La casa sprofondò in una meravigliosa immobilità e in un magnifico silenzio.

«Non potrà durare molto» osservò Bart, già terrorizzato dall'ardire della sua azione. «Sicuramente Amaranta avrà pensato a un sistema capace di ovviare a situazioni come questa. Lei mi vuole bene e non sopporta di non sapere cosa sto facendo».

«E allora non sprechiamo tempo!»

«Cioè?»

«Mangiamo, no? Con la pancia vuota tutte le cose vengono male e sembrano tristi. Poi io torno nel nido e tu, come sempre, te ne vai a scuola».

«Ma lei ti vedrà».

«Non ti preoccupare, mi nascondo».

Dopo aver fatto colazione, Zoe accompagnò alla porta Bart, che aveva già lo zainetto sulle spalle.

«E ricordati di portarmi dei vermi. Non posso vivere tanti giorni senza».

«Vermi?!? Non ci penso neppure!»

«Pensavo che mi volessi bene ... » commentò desolata Zoe.

«Certo che te ne voglio, ma ... »

«Ma?»

«Non so dove prenderli! E poi, mi fanno abbastanza schifo».

«Parli così perché non li hai mai mangiati».

«E non li mangerò mai!»

Bart uscì di corsa, sbattendo la porta. Lungo le scale pensò che almeno al Tamagotchi a un certo punto si scaricava la batteria.

Nell'intervallo tra la scuola e la lezione di cinese, Bart entrò in diversi supermercati. Ispezionò tutti i reparti – verdure, surgelati, alimenti per animali – ma di vermi neanche l'ombra. Certo, nessuna persona degna di questo nome poteva desiderare di sostituire il rosa dei würstel con quello dei vermi.

Quel giorno imparò tre nuovi ideogrammi con il maestro Wang.

Nido – *chao*.

Terra – *tu*.

Animale strisciante – *chong*.

Certo, i vermi stavano sotto terra, questo se lo ricordava bene dalla lezione di scienze.

Aveva anche visto un lombrico dimenarsi sulla lavagna elettronica. E si ricordava anche che i lombrichi erano utili perché facevano tantissima cacca. Praticamente erano proprio come dei piccoli würstel, solo che, invece di essere fatti di carne, erano imbottiti di terra che si trasformava in cacca.

Al termine della lezione, invece di prendere l'autobus, attraversò il parco, come aveva fatto la settimana precedente.

In fondo al cuore sperava di incontrare nuovamente il misterioso vecchio. Avrebbe voluto fargli tante domande, non sapeva cosa pensare, infatti, di tutto quello che gli era successo in quei giorni.

Si sentiva felice e infelice allo stesso tempo.

Felice perché finalmente aveva un'amica. Infelice – o

meglio, preoccupato – perché quell'amicizia stava sconvolgendo la sua vita.

Si sedette sulla panchina e attese.

Davanti a lui c'era una bella aiuola piena di terra grassa. Alcuni merli vi saltellavano sopra, estraendo dei lunghi vermi. Bart fece un profondo sospiro. Come sarebbe stata felice Zoe, se gli avesse portato un sacchetto di quelle disgustose delizie!

Si guardò intorno.

Non c'era nessuno.

"Almeno potrei tentare" si disse e, dopo aver cercato due bastoncini abbastanza robusti, si accucciò nell'aiuola e cominciò a rovistare nella terra. Incredibile! Riuscì ad afferrarne subito uno. Più lo tirava, però, più il verme si allungava. Alla fine Bart l'ebbe vinta e lo depositò nel sacchetto vuoto della merenda. Dopo poco ne trovò un altro a cui fece fare la stessa fine.

Era alla ricerca del terzo quando, alle sue spalle, sentì una voce tremendamente nota.

«Ma guarda un po' chi si vede! Bartolomeo babbeo!»

Filiberto e i suoi compagni di piscina erano tutti lì, intorno a lui.

«Il nostro campione non smette di stupirci! Pensavamo che fosse un coniglio invece, sorpresa! *GluuGluGluuu*, è un tacchino. Un tacchino goloso di vermi. Dicci un po' Bart, sono buoni i vermi?»

«Ehm, ecco... Non sono per... »

«Saranno deliziosi, no? Ne vuoi assaggiare uno davanti a noi, così ci dai un commento in diretta?»

«Preferisco di... »

Prima che riuscisse a finire la frase, in due l'avevano già buttato a terra, tenendogli strette le gambe e le braccia, mentre un terzo gli tappava il naso per fargli aprire la bocca. L'apnea non era mai stata il suo forte, così, dopo una ventina di secondi, Bart fu costretto a spalancare la bocca.

Filiberto teneva in mano il più lungo dei lombrichi, facendolo oscillare pericolosamente vicino alla sua bocca. Con un ultimo sprazzo di dignità cercò di divincolarsi, ma gli altri erano troppo forti.

«Uh, guardate un po' come striscia bene. Si muove anche come un verme».

Bart stava per emettere l'unica parola ancora possibile, "Pietà!", quando, a un tratto, successe qualcosa di incredibile. Una specie di turbine si abbatté sui quattro, facendoli volare in tutte le direzioni.

Era un sogno o la realtà?

Bart sollevò timidamente la testa e vide Filiberto e gli altri fuggire come schegge, senza voltarsi indietro.

L'ombra dell'anziano cinese lo sovrastava.

Aveva in mano il sacchetto di vermi.

«Tuo regalo per persona importante».

Bart si rialzò e lo afferrò delicatamente, ancora incredulo.

«Grazie. Ma come ha fatto a ... »

«Gente gentile ha grandi radici, gente arrogante, solo grandi scarpe. Tocchi e sono paglia. Volano via».

«Ma è stato lei a farli ... »

«No, è stata tua azione gentile».

Bart aveva giocato molte volte a Kung Fu sul Nintendo.

«Sicuro che non si tratti di una mossa segreta? Potrebbe insegnarmela?»

«Gentilezza è mossa segreta».

Camminarono uno accanto all'altro fino all'uscita del parco. Davanti al cancello il vecchio cinese posò a terra il suo sacco e si presentò.

«Mio nome Tien Lu».

«Tien Lu» ripeté Bart.

«Ma tu puoi chiamare solo Lu».

«Io mi chiamo Bartolomeo Leonardo Atari Commodore ma puoi chiamarmi Ba ... »

«Io so. Bart».

Detto questo Lu aprì i lacci del sacco e rovistò dentro. Ne tirò fuori un grande oggetto di forma rettangolare e, spolverandolo con la manica, lo porse a Bart.

«Regalo per te».

«Oh ... ma è un ... »

«Vecchio libro, sì».

«È la prima volta che ne prendo uno in mano. È molto pesante».

«Pesa, sì. Cosa pesante, cosa importante».

«Lo porto a casa?»

«Certo, con vermi».

Lu aiutò Bart a infilare il volume nello zainetto.

«Tu non puoi uscire da qui, vero?» domandò Bart, quando furono davanti al cancello.

Invece di rispondergli, Lu sorrise e lo salutò, rimanendo immobile con la mano aperta fino a quando non scomparve.

8. Ciccio, ce l'hai fatta!

Bart arrivò a casa trafelato.

Zoe stava sonnecchiando nel nido.

«Sorpresa!» gridò sventolandole davanti al becco il sacchetto.

«Oh Ciccio, ce l'hai fatta!»

«Non mi chiamare ... »

«Come sei noioso! Lo so che non ti chiami Ciccio, ma per me ogni tanto sei Ciccio».

Bart si osservò con attenzione la pancia.

«Veramente non mi sembra di ... »

«Non sei Ciccio fuori. Sei Ciccio dentro».

«Come Ciccio?»

«Ciccio morbido, Ciccio tenero».

Bart aveva ancora il sacchetto in mano.

«Che cosa ne faccio? Li vuoi mangiare adesso, o no?»

«Certo, ma non vorrai mica farmeli beccare dal sacchetto, no? Non siamo mica in treno».

«Ehm, vuoi un piatto?»

«No, preferirei mangiarmeli a verme cieco».

«Cioè?»

«Cioè, io conto fino a dieci, senza guardare, e tu intanto li nascondi per la casa. Così sono più gustosi».

Le avventure della giornata avevano fatto completamente dimenticare a Bart la routine dei suoi impegni. Non sapeva che ora fosse e neppure si preoccupava di saperlo.

Era ancora intento a sistemare un verme sotto il tappeto del salotto, quando

Bip bip bip

il grande schermo alle sue spalle si accese e, di colpo, apparve Amaranta.

Bart si accorse, per la prima volta da quando era nato, che sua madre era davvero di color amaranto. Cioè viola livido, dalla testa ai piedi. Nessun *ailaviu*.

«BAAARTTT!»

Bart balzò in piedi.

«Eccomi!»

«Che cosa stavi facendo chinato sotto il divano?»

«Ehm, stavo controllando se il robot aveva davvero pulito tutto».

«Ma che gentile ... »

Dal tono, si capiva che Amaranta non gli aveva creduto.

«E come mai questa mattina è mancata la luce?»

«Un black out, c'è stato un forte temporale ... »

«Sul meteo non c'è traccia».

«Ma era molto molto locale, per questo non l'anno rilev... »

«Bart, guardami negli occhi!» la sua voce vibrava in modo sinistro. «Tu mi stai prendendo in giro, vero? E sei anche convinto che ti sia possibile farlo. C'è qualcuno lì con te, vero?»

«No... Non c'è nessuno...»

«Bugiardo! Non mi serve il *Pinok* per sapere che stai mentendo. I raggi infrarossi hanno rilevato un corpo che emana calore. Un altro corpo, oltre al tuo. I tabulati dicono che avete dormito insieme».

«Forse è il cortocircuito provocato dal tempora...»

«Zitto!» sbraitò Amaranta. «Non peggiorare le cose e ascolta. Non so cosa sia quella cosa che vive accanto a te, ma so che deve sparire immediatamente. Immediatamente, capito!?! Poi, sabato, quando torno faremo i conti e ti assicuro che molte cose cambieranno». Dalla sua gola uscì una specie di singulto meccanico. «Con tutto quello che abbiamo investito su di te!»

Bip bip bip

La comunicazione si chiuse senza «Baciobacio».

Era la prima volta che succedeva in tutta la sua vita.

Bart ne rimase tramortito.

Quasi non aveva riconosciuto, in quel viso stravolto, i tratti familiari di quella che avrebbe dovuto essere la sua mamma. C'erano dei bagliori metallici di cui non si era mai accorto prima, e la furia del suo sguardo lampeggiava con gli stessi intervalli di un *led*.

«Squisiti! Squisitissimi!»

Zoe irruppe ilare nella stanza.

«Devi sparire» ripeté con un filo di voce Bart.

«Che bello, giochiamo a mosca cieca?»

«No, non hai capito. Devi proprio andartene».

«Andare dove?»

«Via di qua. Altrimenti ... »

«Altrimenti?»

«Non lo so».

Bart sentiva tremargli un po' la gola, come se stesse per mettersi a piangere.

«Ma tu ... tu davvero vuoi che me ne vada?»

Bart rivide la sua vita prima dell'arrivo di Zoe.

«No. Veramente, no, ma non posso disubbi ... »

Zoe gli si avvicinò e, con la punta dell'ala, gli asciugò gli occhi. Una lacrima brillava sulla sommità della penna come un piccolo diamante.

«Lo sai cos'è davvero una lacrima, Ciccio?»

«Nno ... »

«Guarda. È una piccola sfera di cristallo piena di luce. La tua luce».

Soltanto allora Bart si accorse che stava piangendo. Era la prima volta che gli succedeva.

«Zoe, io non ho mai ... Mai».

«Sì, lo so, ma adesso puoi farlo».

«Posso davvero?»

Zoe lo avvolse con le sue ali spelacchiate.

«Devi farlo».

Fu come se, in Bart, fosse saltato un tappo. I singhiozzi e le lacrime si susseguirono violenti e abbondanti, senza soluzione di continuità. Poi, piano piano, come un temporale che si allontana, tutto quel movimento rallentò fino a fermarsi.

«Ehi, ti avevo detto di piangere, mica di farmi la doccia!»

«Scusa, Zoe».

«Pazienza, tanto le mie piume sono idrorepellenti. Comunque dopo un bel pianto, sai cosa ci vuole?»

«Un fazzoletto?»

«No, una bella pappata».

«Ma tu hai già mangiato i vermi!»

«Ma quelli erano appena l'antipasto. Dopo tutte queste emozioni, adesso mi farei volentieri un paio di pannocchie».

«Sai cosa?» disse Bart, entrando in cucina. «Non mi va per niente di mangiare la cena 364 calibrata di fine maggio».

«Sacrosanto Bart, sacrosanto».

«Piuttosto vorrei una super pizza con salame piccante, una tonnellata di patatine fritte e un cornetto al caramello croccante».

Zoe si inchinò teatralmente.

«Ai tuoi ordini, sahib».

«Sahib? Che cosa vuol dire?»

«Vuol dire "signore", perché sono qui per eseguire i tuoi ordini. La tua felicità, sahib, è la mia felicità».

Detto questo Bart aprì lo straspaventoso freezer, e Zoe ci si fiondò dentro.

«Brrr, è peggio che al Polo Nord qua dentro. Dunque, vediamo... Piselli, bastoncini, sofficini... Ecco, finalmente le pizze! Brasiliana... Angolana... Thailandese... Quattro stagioni... Sì, Salame piccante, ho trovato! E qui ci sono anche le patatine e le pannocchie. Se non mi assidero prima, troverò anche il caramello».

«Non guardare a destra, però» avvertì Bart, perché sapeva che da quella parte erano stivati tutti i petti e le cosce di pollo.

«Ricevuto, capo! Barra tutta a sinistra».

Dopo un paio di minuti, Zoe ricomparve con la cena tra le ali.

«Adesso mi merito una vodka, però».

Infilarono tutto nel mega microonde che subito cominciò a ripetere con voce gradevolmente sintetizzata:

«Calorie 12.000, colesterolo 90%, vitamine 0. Errore di programma, errore di programma, errore di programma».

«Errore di programma, sì» commentò Zoe, estraendo la cena. «Lo sappiamo e adoriamo gli errori di programma, vero Bart?»

Bart annuì felice, riempiendosi la bocca di patatine e di pizza.

«E se mi permetti ... » aggiunse Zoe con aria ufficiale.

«Ti permetto, ti permetto» bofonchiò Bart.

«E allora ... »

Zac!

Con un colpo di becco fulmineo, Zoe staccò la spina dalla presa, e il microonde finalmente tacque.

9. Un libro antico pieno di misteri

Ristorati dalla cena, i due amici si sdraiarono sul grande divano a fiori del salotto, quando, d'improvviso, Bart si ricordò del regalo di Lu e andò a prenderlo dallo zainetto.

«Ho una sorpresa per te».

«Altri vermi?»

«No. Guarda! Una cosa antichissima». Bart lo posò sulle sue gambe: «Un libro!».

«Com'è grande!» esclamò Zoe. «Se lo apri e lo capovolgi, potrebbe diventare tranquillamente il tetto di un pollaio».

«Non credo che i libri servano per questo».

«Ma in caso di bisogno ... »

«Be', in caso di bisogno, si potrebbero usare anche per accendere il fuoco, dato che la carta è combustibile. L'ho studiato a scuola. Con il tablet invece non puoi farlo».

«E non puoi neanche farti una casetta».

«Comunque, i libri erano i tablet di una volta. Servono per leggere».

Bart strofinò il volume con la manica. Era coperto da un fitto strato di polvere come se fosse stato dimenticato su uno scaffale per un tempo incredibilmente lungo. Si intravedeva a tratti il rosso squillante della copertina e parte del titolo, inciso in lettere dorate.

Storie del Regno Ere...

Zoe batté felice le ali.

«Che bello! Leggimi una storia!»

Appena Bart sollevò la pesante copertina, un vento fortissimo irruppe nel soggiorno.

Uuhuuuuhuuuhuuuuhuuuu

E, con il vento, cominciarono a svolazzare per la stanza tantissime foglie dalla tinta autunnale.

Uuhuuuuhuuuhuuuuhuuuu

Alle foglie, seguì un vortice ghiacciato di fiocchi di neve, poi ancora una folata di petali di ciliegio.

«Wow! Succede sempre così quando si leggono i libri?» domandò perplessa Zoe.

«Non lo so. È la prima volta che ne apro uno».

Intanto le foglie si erano posate tutte intorno a loro, mentre la neve si stava sciogliendo sulla stoffa del divano.

Zoe inspirò felice.

«Mmm, che bello! Mi sembra di sentire l'odore del bosco».

«Ma se sei nata in un capannone!»

«La vita dei miei antenati era diversa. Odore di bosco, odore di terra grassa, odore di vermi gustosi».

«Non sei proprio capace di pensare ad altro?»

«Sai cosa diceva mia nonna? Dove vai, se la pancia piena non ce l'hai?»

Quando Bart aprì la prima pagina, il vortice si fermò.

Più che di parole, quel libro era fatto di immagini.

Iniziava infatti con un grande bosco.

Un bosco molto diverso da quelli che aveva sempre visto sul tablet, perché, invece che essere fotografato, era disegnato.

C'erano degli alberi, maestosi, enormi.

A guardarli bene, assomigliavano a delle persone. Molti rami sembravano braccia, mentre le cavità del tronco davano l'impressione di essere occhi o bocche.

Era un bosco dalle tinte autunnali.

Sparsi qua e là, al suolo, tra una grossa radice e l'altra, c'erano delle famiglie di funghetti con il cappello rosso a puntini bianchi, mentre un torrentello scorreva sullo sfondo. Una Mamma Riccio con i suoi cuccioli si stava abbeverando a quel ruscello. Dall'altro lato, un grande e vecchio Gufo era assopito alla biforcazione di un albero, mentre un Picchio verde, poco distante, si accaniva caparbiamente sulla corteccia di un albero.

In mezzo al bosco, passava un piccolo sentiero già in parte coperto di foglie e, in fondo in fondo, si intravedeva una luce più chiara.

Doveva esserci dunque una radura, laggiù.

«Mmm… sembra davvero invitante» disse Zoe.

«Già».

«E cosa c'è scritto?»

«Nel Regno, come ogni anno, era sceso l'autunno, e Mamma Coniglia aveva cominciato a preparare la casa per trascorrere l'inverno con la sua famiglia».

Bart girò pagina.

La scena seguente era ambientata proprio nella Casa dei Conigli. Mamma Coniglia, con un bel grembiule e un cappellino in testa, stava tirando fuori i piumini da un armadio, aiutata dai suoi figli, Flic e Floc.

Accanto al caminetto acceso, Nonno Coniglio leggeva il giornale su una sedia a dondolo. Si capiva che era il nonno perché aveva delle lunghe basette bianche e fumava la pipa. Poco distante, Nonna Coniglia stava preparando una torta.

Nella pagina seguente, la Famiglia dei Conigli era a tavola.

Il nonno, la nonna, la mamma, i due figli e anche il papà. Mamma Coniglia stava servendo una minestra fumante, mentre i coniglietti battevano i cucchiai sulle scodelle per la felicità.

Veniva voglia di sedersi attorno a quella tavola coperta da una bella tovaglia a quadretti, soltanto guardando il disegno.

Bart continuò a leggere:

«Papà Coniglio faceva il portalettere da sempre. Non c'era nessuno che conoscesse il bosco come lui, e nessuno, come lui, era benvoluto dagli abitanti del bosco. Era infatti un coniglio

molto gentile e, ogni lettera consegnata, diventava l'occasione per scambiare due chiacchiere.

Durante la stagione estiva, quando non c'era la scuola, Papà Coniglio portava spesso con sé i suoi figli a fare il giro. Aveva una bella bicicletta rossa e i piccoli facevano sempre a gara per chi doveva stare seduto sulla canna e chi sul portapacchi dietro.

Anche Nonno Coniglio aveva fatto il postino, era una tradizione di famiglia. I conigli infatti corrono molto veloci e, in caso di notizie urgenti, battendo la zampa al suolo con l'effetto di un telegrafo, possono far giungere le informazioni molto lontano».

Prima di girare pagina, Bart e Zoe, fecero un profondo sospiro.

Che bel teporino doveva esserci in quella famiglia!

Nell'immagine dopo, si vedeva la Camera da Letto dei coniglietti. Era tutta di legno. In un angolo, spiccava una bella stufa di ceramica. I lettini, uno rosa e l'altro azzurro, erano accostati. Flic e Floc, già sotto le coperte, ascoltavano Mamma Coniglia che, seduta accanto a loro, leggeva una storia.

«Flic e Floc non si addormentavano mai senza una fiaba e senza il bacio della buonanotte. La fantasia di Mamma Coniglia era davvero infinita. Ogni sera, infatti, era capace di inventarsi sempre nuove storie».

Zoe sbatacchiò le ali:

«Nessuno mi ha mai raccontato una storia!».

Bart sfiorò il disegno con la mano, con il cuore pieno di nostalgia per Kapok.

«A me sì, qualcuno. Tanto tempo fa ... »

Con delicatezza Bart girò poi la pagina.

Adesso Mamma Coniglia, suo marito e il nonno erano attorno al tavolo della cucina.

Era sera, Flic e Floc stavano già dormendo.

Papà Coniglio aveva il cappello da postino in testa e Nonno Coniglio faceva grandi nuvole di fumo con la pipa.

Sembravano tutti molto preoccupati.

«*Un giorno Papà Coniglio*» lesse Bart «*ricevette una terribile notizia. Una notizia che avrebbe cambiato per sempre la loro vita*».

«La cosa si sta facendo interessante» disse Zoe. «Vai avanti, leggi, presto!»

Bart girò con cautela il lembo e ... incredibile!

«Non ci sono più pagine!»

«Come? Non è possibile! Le storie finiscono sempre. Mia nonna diceva: *Se c'è un uovo, prima o poi ci deve essere stata anche una gallina*».

«Eppure, guarda anche tu. Forse sono state strappate, o tagliate ... »

Zoe ficcò il becco in mezzo alle pagine.

«O forse non sono ancora state scritte».

Si era fatto tardi. Tra la cena abbondante e le forti emozioni del giorno, le palpebre cominciavano a calare. Bart si mise il pigiama e Zoe rassettò il nido sul cuscino. Poi si misero a letto e Bart spense la luce.

«Notte, Bart».

«Buonanotte, Zoe».

Seguì un lungo silenzio, attraversato soltanto dai rumori della città. Fu Zoe a interromperlo.

«Bart… Baaart… »

«Mmm… »

«Stai davvero dormendo?»

«No. Non riesco a dormire. Ho tanti pensieri in testa».

«Anch'io. Ti ho detto una bugia, sai? Io non ho mai avuto una nonna. E, se proprio devo dirla tutta, non ho neanche mai avuto una mamma».

«Eh? Non sei nata da un uovo?»

«Certo, mica da una scarpa. Ma quell'uovo, capisci, non so chi l'ha deposto. Nessuno l'ha mai covato. Quando ho aperto gli occhi, sai cosa ho visto?»

«No».

«Una grande lampada! Una grande lampada e migliaia di pulcini disperati come me che spingevano da tutte le parti».

«Perché spingevano?»

«Per la stessa ragione per cui spingevo io. Perché cercavano la mamma».

«Be', almeno tu hai tanti fratelli, tante sorelle».

«Quando sono così tanti è come non averli. E comunque non li ho più».

«Dove sono andati?»

«In qualche freezer, suppongo ... »

Ci fu un altro silenzio, velato di imbarazzo. Bart pensò che non era così improbabile che avesse mangiato qualche parente stretto di Zoe.

«Baaart ... ».

«Dimmi».

«Tu credi al destino?»

«Che cos'è? Un programma?»

«Piuttosto qualcosa che scompiglia i programmi».

«E cioè?»

«E cioè, a un tratto capisci la cosa giusta da fare e ... e non è scritta da nessuna parte. Sembra anche una follia, eppure decidi di farla lo stesso».

«Forse» rispose Bart riflessivo. «Forse mi è successa una cosa così quando ti ho raccolta».

«Io invece ero sul camion. Il capannone alle nostre spalle era già vuoto e lo stavano disinfettando per l'arrivo di altre migliaia di miei fratelli e sorelle. Come ti dicevo, ero sul camion e, per la prima volta, dalle sbarre della gabbietta, ho visto il mondo vero. Il cielo, gli alberi, i passeri che volavano liberi. Non sapevo che fosse così grande, così bello. Non avevo mai visto la luce del sole. Sessanta giorni di lampade e pareti modulari bianche. Allora, qualcosa dentro di me ha detto: *Eh no, non può finire qui.* Ho cominciato a scuotermi come se mi avesse morso una tarantola. Mi sono dimenata e dimenata e, alla fine ce l'ho fatta. La gabbietta è caduta a terra».

Bart sospirò ammirato.

TRASPORTO
70
80
HL2416

«Sei stata molto coraggiosa. Avrebbe potuto schiacciarti un'auto, oppure potevi capitare nelle mani di Filiberto».

«Sai cosa diceva mia nonna?»

«Ma se mi hai appena detto che non hai mai avuto una nonna!»

«Be', non l'ho conosciuta, ma una da qualche parte ci deve pur essere. Una nonna, una bisnonna, una trisavola, una quadrisavola».

«E allora cosa diceva?»

«Se non risichi, non rosichi».

«Già» disse avvilito Bart, pensando ai suoi pomeriggi in piscina. «Io non so risicare. Non ho il coraggio di fare proprio niente».

«Non sai se hai coraggio fino a che non ti serve davvero».

«E come si fa a capirlo?»

«Quando mi sono lanciata dal camion sapevo che qualcuno mi stava aspettando. Insomma, che aveva bisogno di me».

«Ma non te l'aveva detto nessuno».

«Forse il cuore sa cose che le orecchie non sanno».

Erano già le tre di notte, i rumori della città si erano affievoliti. Bart allungò il braccio per stringersi a Zoe.

«Non è che ti fanno solletico le mie piume? Con l'umidità sono diventate un po' vaporose».

«No, va bene così. Sposta solo un po' la paglia più in là».

Quella notte, però, fu per Bart una notte piena di incubi.

Nei suoi sogni, Amaranta tornava a casa all'improvviso, e

non era più lei, ma una specie di strega-robot. Aveva unghie lunghissime di acciaio, denti di titanio e, al posto dei capelli, una parrucca di serpenti corallo che, a un certo punto, scagliava lontano, roteandoli come gli *shuriken* dei Ninja. Subito dopo si trovava al parco: Filiberto e i suoi sgherri avevano catturato Zoe e stavano per tirarle il collo. Lui voleva salvarla, ma le sue gambe erano pesantissime, non rispondevano ai comandi, come d'altronde le sue braccia.

Si sentiva paralizzato.

10. In fuga dalla casa impazzita

La mattina dopo sorse il sole, e il problema non era stato ancora risolto.

Aprendo gli occhi, Bart si rese conto con sgomento che era già giovedì, e che quindi mancava poco più di un giorno al ritorno di Amaranta.

Se fosse stato davvero un bambino saggio, avrebbe già dovuto cacciare Zoe da casa, con le buone o con le cattive.

Ma con che cuore avrebbe potuto farlo?

Era come avere i piedi in due scarpe che lo spingevano in direzioni diverse. Da una parte, avrebbe voluto tenere buona Amaranta e dall'altra, continuare l'amicizia con Zoe.

Come sarebbe stato possibile?

Zoe invece quella mattina era di ottimo umore.

Mangiava i corn flakes dalla ciotola, facendoli schizzare tutti in giro per la tavola.

«Cosa pappiamo per pranzo? Vuoi che ti prepari una pizza angolana?»

«Angolana?» ripeté distrattamente Bart.

«Sì, angolana. Germogli di baobab e scaglie di zoccolo di

antilope. Magari aggiungo anche due würstellini sopra. Andare a scuola deve mettere una fame terrificante».

Bart annuì, con lo zainetto in spalla.

«E tu, cosa fai?» domandò speranzoso, già sulla porta. «Mi aspetti?»

«E altrimenti chi prepara il pranzo? A proposito, dov'è il grembiule? Non vorrei macchiarmi le piume nuove».

«Dietro la porta» rispose Bart, avviandosi lungo la tromba delle scale.

Durante il tragitto, fu folgorato da un'idea geniale.

Nel pomeriggio, con la scusa di trovare altri vermi, avrebbe portato Zoe al parco. Per una gallina come lei, sempre vissuta in un capannone industriale, quei prati e quei vialetti non sarebbero stati molto diversi dal Paradiso. Avrebbe avuto persino un piccolo lago a disposizione, per poter bere o fare il bagno a tutte le ore del giorno.

Non sarebbe stato troppo difficile, per Bart, convincerla a sistemarsi là, ne era sicuro, anche perché le avrebbe promesso di andare tutti i pomeriggi a trovarla. A patto, però, che Zoe non si fosse mossa da lì. Avrebbe anche potuto costruirle una piccola casetta, nascosta in qualche cespuglio.

Da quelle parti, purtroppo, scorrazzava anche Filiberto con la sua banda e dunque Bart sarebbe stato più tranquillo sapendo che Zoe aveva un riparo dove sparire.

E poi avrebbe potuto affidarla al signor Lu.

Era certo infatti che Tien Lu, con il suo misterioso sacco, vivesse da qualche parte nel parco.

Qualche ora dopo, sulla strada del ritorno, Bart si sentiva meravigliosamente leggero.

Era bello sapere che, per ogni problema – anche per quello che sembrava più catastrofico – c'era sempre una soluzione!

Bastava non perdere la calma.

A tavola, infatti, mangiando la pizza angolana, avrebbe detto a Zoe: «Questo pomeriggio andiamo a fare una bella gita». Lei, felice, avrebbe sbatacchiato le ali, e tutto si sarebbe risolto nel migliore dei modi.

Bart fischiettava salendo le scale, ma, avvicinandosi all'appartamento, il fischio gli morì in gola. Rumori spaventosi provenivano da dietro la porta. Sibili, rombi, schianti, ululati.

Sbammm! Friinzskrakbuumbuum!
Buum! Skrinzsbamm!

La cottura di una pizza angolana non poteva produrre tutto quel fracasso.

Spalancò la porta di colpo, urlando:

«Zoe!».

Il suo grido arrivò dal fondo del salotto:

«Aiuto, Sahib. Aiuto!».

Bart vide la sua amica inseguita da due materassi che sembravano volessero ballare il foxtrot. Tutti gli oggetti della casa erano improvvisamente impazziti, l'unica legge che li guidava era quella dell'anarchia. La centralina della casa domotica doveva essere andata in tilt!

Dalla porta spalancata, il freezer lanciava nell'aria le pizze e le altre confezioni di surgelati come fossero frisbee, lo spazzolino da denti stava lavando il mega schermo in salotto, chilometri di carta igienica si srotolavano per le stanze invadendole come un esercito di anaconde, mentre la tavoletta del gabinetto, convinta di essere una mazza da baseball, faceva saltare fuori le palline di plastilina marrone dall'acqua e, *plon plon,* colpendole al volo, le scagliava con mira perfetta fuori dal terrazzo.

I materassi dei letti e dei divani, imbottiti di sensori, si erano alzati, convinti di essere persone, un paio di loro ballavano in modo piuttosto scomposto. Quello di Bart si era affacciato alla balaustra per vedere il panorama, mentre quello di Amaranta aveva deciso di concedersi un bel bagno rilassante nella vasca idromassaggio, dalla quale usciva una mega nuvola di schiuma.

Inutile dire che anche tutti gli schermi sembravano impazziti. La mega TV al plasma, l'impianto stereo, i computer e i tablet sparsi in giro per la casa trasmettevano tutti insieme programmi scelti da loro con il volume al massimo. Per non parlare dei multicolori raggi stroboscopici che saettavano per la casa come spade di samurai.

Per un istante, Bart rimase letteralmente paralizzato in mezzo al salotto.

Non avrebbe mai potuto immaginare che casa sua potesse contenere tutto quel disordine.

«Sahib! Aiuto!» gli piombò in braccio Zoe, starnazzando. «Di' la parola magica! Falli smettere!»

«Dimmi tu, piuttosto, cos'hai combinato!» gridò Bart in mezzo al frastuono.

«Niente di speciale».

«Come, niente di speciale? E tutto questo allora?»

«C'erano delle cosine rosse che brillavano. Avevo appetito e sembravano ciliegie. Le ho beccate, ecco. Evidentemente non erano vere ciliegie».

«Oh no, no! Era la centralina del cervellone».

«Be', a dire il vero, a me sembra piuttosto stupidone».

«Spiritosa».

«Nessuna parola magica?»

«Nessuna».

«Magari ... Stop? ... Alt?»

«Niente da fare» sospirò Bart sconvolto. «Bisogna riprogrammare tutto. E solo Amaranta lo sa fare».

«Neppure con il tasto *rewind*?»

«No».

«E allora, come diceva mia nonna ... »

«Vuoi chiudere il becco una buona volta?»

«Se non puoi andare indietro, vai avanti».

«Stai zitta!»

Un improvviso frastuono dal cielo annunciò il rapido avvicinamento di un elicottero, mentre gli abitanti del palazzo si stavano raccogliendo lungo le scale, allarmati dall'anomalo fracasso.

«Cosa succede?» dicevano l'un l'altro.

«È un attentato?»

«C'è forse un incendio all'ultimo piano?»

«Una casa spiritata?»

Bart si affacciò al balcone tenendo Zoe in braccio.

La folla si era radunata anche in strada.

Sirene di tutti i colori si stavano avvicinando, pompieri, ambulanze, polizia e carabinieri.

La centralina, infatti, era collegata a tutte le unità di soccorso.

Si erano già materializzate anche decine di telecamere, pronte a riprendere quello che avrebbe potuto diventare un evento dalle tinte fosche.

Le gambe di Bart tremavano e aveva una grandissima confusione in testa.

Cosa sarebbe successo?

Che ne sarebbe stato di lui?

I pompieri stavano già preparando il telone per farli saltare, quando Bart vide un taxi arrivare sgommando a tutta velocità.

Dalla macchina vide scendere Amaranta, ed era proprio l'Amaranta del sogno: viola e con i capelli trasformati in serpenti di corallo.

Assieme a lei c'erano altre due persone che non aveva mai visto, ma che non promettevano nulla di buono. Sembravano i lupi degli incubi e si stavano tutti dirigendo velocemente verso le scale.

«Come … ? Cosa … ?» balbettò Bart, spaventato.

«Seguimi!» disse allora Zoe, con tono imperioso.

«Do … do … dove?»

«Seguimi! Seguimi e basta! Hai capito?»

«Sssì».

Rientrati in salotto, Zoe aprì il grande libro che era rimasto sul pavimento, salì sul tavolo, gridò:

«Ora!» e da lì, si lanciò in mezzo alle pagine.

Swooosh!

Bart allora vide una cosa che non avrebbe mai immaginato possibile.

In meno di un secondo, Zoe si era smaterializzata sotto i suoi occhi.

Era scomparsa, inghiottita dal libro.

Come se non fosse mai esistita.

Per un istante rimase senza fiato.

Che cosa stava davvero succedendo?

«Seguimi!» aveva detto Zoe, ma dove?

I passi pesanti di Amaranta e dei suoi scagnozzi si stavano pericolosamente avvicinando alla porta.

C'erano ancora pochissimi secondi per decidere.

Come venisse da un pozzo lontanissimo, sentì la voce di Zoe:

«Salta! Salta, Bart!».

Allora salì in piedi sul tavolo e fece quello che aveva visto fare da lei. Chiuse gli occhi e, con un impeccabile tuffo a pennello, si lanciò a piedi uniti nel bel mezzo del libro.

Swoooshhh!

11. Bart e Zoe atterrano in uno strano posto

Swwoooooshhhhswwwinggsdunksdunkswooshh!

In quei pochi secondi, Bart capì come doveva sentirsi una banana in un frullatore, o un pesce rosso, finito per disgrazia nelle tubature di un lavandino.

Scivolava, cadeva e slittava.

Slittava, cadeva, scivolava e si attorcigliava su se stesso.

A volte faceva una curva, altre andava dritto, poi si capovolgeva come fosse davvero un provetto tuffatore.

Intorno era tutto buio, un buio profondissimo.

Nonostante sbattesse molte volte contro qualcosa, non si faceva male perché i confini di quel vortice erano morbidamente elastici.

Soltanto negli ultimi secondi sentì nell'aria lo stesso odore del parco, terra bagnata e foglie o qualcosa del genere.

Sbonggpuuuuufbungg

All'improvviso la corsa si fermò e una forte luce colpì Bart sugli occhi.

La testa gli girava come se fosse appena sceso dalle montagne russe più alte del mondo.

Non sapeva più dov'era l'alto e il basso, e il contenuto del suo stomaco premeva per uscire anche dalle orecchie.

«Ciiicciooo! Ciiicciooo!»

La voce di Zoe sembrava arrivare da qualche parte, ma non riusciva a vederla.

«Tutto a posto?»

Bart si toccò qua e là per controllare di essere ancora intero.

«Più o meno, mi pare di sì» disse, guardandosi intorno.

Qualcosa aveva fermato la sua corsa, ma non capiva cosa.

Dopo essersi toccato, guardò le mani e si accorse che erano completamente nere.

«Ma... Ma dove sono finito?»

«In un camino! Sei seduto nel mezzo di un caminetto!»

«Un caminetto?» ripeté Bart, allarmato, senza riuscire a vedere la sua amica.

«Un caminetto spento» lo rassicurò Zoe.

Finalmente i suoi occhi si abituarono alla luce.

Zoe era di fronte a lui, e anche lei era ricoperta di fuliggine dalla testa alle zampe.

Ma c'era anche qualcun altro.

Qualcuno che gli stava offrendo la mano per aiutarlo a uscire dal camino.

Per prima cosa, riconobbe il lembo del grembiule.

Era Mamma Coniglia!

E quella mano era la sua zampa!

Di colpo capì la ragione dell'odore di bosco che aveva sentito negli ultimi istanti della caduta.

Il camino in cui era precipitato era il camino della Casa di Papà Coniglio, il portalettere. La famiglia al completo, seduta intorno alla tavola, lo stava osservando con apprensione.

La voce di Mamma Coniglia era calda e premurosa.

«Eravamo un po' in ansia» disse a Bart, offrendogli una spazzola per pulirsi. «In realtà vi aspettavamo già ieri».

«Sono due giorni che, per questo, non accendiamo il fuoco» cantilenarono Flic e Floc, i due coniglietti.

«Ehi, non esageriamo!» protestò Zoe. «Sono una gallina, mica un orologio svizzero!»

«L'importante è che siate arrivati» intervenne Nonna Coniglia, ritirando dal forno della stufa una bella teglia di lasagne calde.

Prima di iniziare a mangiare, Nonno Coniglio propose un brindisi.

Bart non aveva mai bevuto del vino in vita sua, ma pensò che il vino dei conigli sarebbe stato al massimo una spremuta di carote, e dunque non avrebbe potuto fargli male.

Così alzò il calice assieme a tutti gli altri.

«A Bartolomeo!» disse il nonno, con la sua voce un po' troppo forte. «A Bartolomeo, il nostro salvatore!»

Bart tracannò tutto di un fiato.

Subito, sentì le gambe diventare molli e lo sguardo annebbiarsi.

E se, invece di vino di carote, fosse stata una pozione velenosa?

Guardò Zoe che stava pappando allegramente dall'altra parte del tavolo.

Non sembrava preoccupata.

Se non lo era lei, non doveva esserlo neanche lui.

In fondo era stata lei a trascinarlo in quella avventura e dunque doveva fidarsi della sua amica.

Non aveva altra scelta.

La lasagna vegetale era davvero buona.

Alla lasagna seguì un soufflé di ravanelli e, per chiudere, una roulade con fragoline di bosco e panna.

Si sentiva davvero stanco.

Le forti emozioni vissute, unite al cibo e agli effetti del vino di carota, gli stavano facendo chiudere gli occhi.

«Bart, caro!» disse allora Mamma Coniglia. «Sarà il caso che ti riposi un po'».

E, presolo dolcemente per mano, lo accompagnò a un lettino, accanto alla finestra, con un bel piumino verde e le lenzuola di flanella.

«Infilati pure sotto» lo invitò Mamma Coniglia. «L'ho preparato apposta per te».

Bart obbedì.

Avrebbe dovuto essere agitato e sconvolto per gli ultimi eventi, invece si sentiva straordinariamente rilassato e sereno.

Prima di chiudere gli occhi vide che uno scoiattolo e un gufo lo stavano osservando con attenzione dalla finestra.

Fuori, il lembo di cielo che gli era possibile vedere tra le fronde degli alberi, brillava di stelle.

"Quanto tempo è passato?" si domandò Bart.

E poi, cos'era davvero il tempo?

Qualcosa, comunque, in quel vino doveva esserci, o forse nella panna della torta, pensò, prima di scivolare in un sonno profondissimo.

Zoe lo raggiunse da lì a poco e, come sempre, si accoccolò sul lato destro del suo cuscino.

Quella notte Bart sognò di essere al corso di cinese.

Aveva in mano un pennello gigantesco.

Più che un pennello sembrava un palo.

«Dov'è la carta?» domandava al maestro, perché era chiaro che ci sarebbe voluto un foglio di dimensioni stratosferiche per disegnare gli ideogrammi, ma il maestro gli sorrideva enigmaticamente come il signor Lu.

«La tua carta è tutta la terra».

Poi batteva tre volte le mani forte, dicendo:

«Il carattere di oggi è *Salvatore*».

«Non lo so fare, non l'abbiamo mai fatto» protestava debolmente Bart.

Dato che il maestro non lo ascoltava, toccò a lui battere tre volte le mani.

Clap clap clap

Il maestro di cinese sparì e, al suo posto, comparve Kapok.

Aveva anche lui un pennello in mano e lo muoveva su un grande foglio bianco, come se danzasse.

Da quella danza uscì un meraviglioso ideogramma.

"Salvato…" pensò Bart.

In quello stesso istante, fu svegliato da un suono.

Chicchiricchichicchi!

Bart spalancò gli occhi di colpo.

Zoe era in piedi di fronte a lui, sulla testata del letto.

«Bravina eh?» disse, scrollando le piume. «Di' la verità, mi avevi preso per un gallo».

Bart si mise a sedere, ancora molto stordito.

Che cosa era successo?

Dov'era finita la sua vita, la sua casa precedente?

«Zoe, ma dove…?»

«Uff, ancora non conosci la regola? Prima pappiamo e poi parliamo».

«Su, venite. La colazione è pronta» disse in quel momento Mamma Coniglia. «Cioccolata calda e brioche appena sfornate, con marmellata di mirtilli. Spero che ti vada bene».

«Benissimo, signora».

Bart mangiò come un lupetto.

Zoe aveva proprio ragione, le avventure impreviste mettono una gran fame.

Dall'altro lato del tavolo, la sua amica si stava divorando una mega ciotola di lombrichi e insetti vari.

«È stato molto gentile il Signor Riccio» bofonchiò con il becco pieno «a portarmi queste… *sgransgranz*… primizie».

«Nel nostro mondo» commentò Nonno Coniglio dalla sedia a dondolo «l'ospitalità è una cosa sacra».

«Nel nostro mondo? Quale mondo?» domandò Bart, finendo l'ultimo cornetto.

Papà Coniglio, con il berretto da postino in testa, si portò un dito alla bocca:

«Ssst» sussurrò. «Di questo parliamo quando i bambini sono a scuola».

Dopo qualche istante, ricomparvero Flic e Floc con le cartelle sulle spalle. Nonna Coniglia consegnò a ognuno di loro una fetta di torta alle carote per merenda.

«Mi raccomando, fate i bravi» disse.

«Sì, uffa, lo sappiamo» risposero in coro.

«... e soprattutto non accettate passaggi da nessuno!»

Mamma Coniglio li accompagnò alla porta e rimase lì a salutarli con la mano aperta fino a che non furono scomparsi dall'altro lato del bosco.

Rimasti soli, si sedettero tutti intorno al fuoco del caminetto che quel giorno, dato che non aspettavano più nessuno, era acceso.

Zoe si era sistemata sullo schienale della sedia a dondolo e, con gli occhi socchiusi, stava digerendo l'abbondante colazione.

«Allora?» cominciò Bart. «Mi volete spiegare dove sono finito? Cosa sono tutti questi misteri?»

Fu Papà Coniglio il primo a prendere la parola.

«Sei arrivato nel *Regno Eremita*, Bart».

«Nel *Regno Eremita*?» ripeté Bart e, ripetendolo, si ricordò della parola cancellata dalla copertina del grande libro.

Storie del Regno Ere...

Ecco la parte di parola che mancava!

Improvvisamente, tante domande gli si affollarono in mente.

«E cosa vuol dire *Regno Eremita*?»

«Vuol dire che siamo rimasti soltanto noi a fare questa vita» rispose Nonno Coniglio.

«Siamo soli, capisci? Siamo sempre più soli» continuò Papà Coniglio, deglutendo. «Probabilmente non resisteremo ancora per molto. La distruzione intorno a noi avanza di giorno in giorno».

«Siamo soltanto un'isola» aggiunse Mamma Coniglio, sferruzzando. «E intorno a noi c'è un mare di nebbia».

«Quando tutto sarà nebbia,» proseguì Papà Coniglio «non ci sarà più il giorno, né la notte. Non ci sarà più né l'alto né il basso; né Nord, né Sud; né prima, né dopo e nessuno si ricorderà mai che siamo esistiti».

A Bart tornò in mente che, nell'ultima scena del libro, Papà Coniglio era preoccupato per qualcosa di grave che doveva accadere.

E, con un brivido nella schiena, si ricordò anche che, dopo quella pagina, non ce ne erano altre.

«Ma io ... » tentò timidamente. «Cosa c'entro io con tutto questo?»

«Tu» disse il nonno, gravemente, «sei l'unico che ci può salvare».

Bart sentì salire dentro di sé un moto di ribellione.

«Ma io non so fare niente! Non c'entro niente con voi!»

Lo sguardo di Mamma Coniglio era profondamente addolorato:

«Davvero non ti importa nulla della nostra fine?».

Bart si sentì stringere il cuore.

«Oh no, signora. Non volevo dire questo. Solo che io ... »

A quel punto, Zoe ruppe il suo silenzio.

«Sai come diceva mia nonna? *Quando sei nell'arena, anche se non sei un gallo, devi combattere.* E dunque, Ciccio, smetti di oscillare e datti una mossa!»

«Allora, le pagine mancanti del libro ... » balbettò Bart.

«Le devi scrivere tu».

Bart fece un profondissimo sospiro.

«Ma io non sono un eroe».

«Oh be', puoi sempre studiare per diventarlo» concluse saggiamente Zoe, dall'alto della sua sedia.

Bart rimase a lungo in silenzio, il fuoco scoppiettava nel camino e il dondolo del nonno cigolava regolarmente.

Sgnec sgnec... sgneec sgneec...

«Ma che cosa sta succedendo realmente?» domandò Bart, con una voce che non sapeva di aver mai avuto. «Insomma, qual è la ragione di tutto questo? E poi ... e poi perché proprio io?»

«Perché la prima gallina che canta ha fatto l'uovo» commentò Zoe.

«Io non ho mai cantato!» ribatté irritato Bart.

A quel punto, Papà Coniglio riprese la parola:

«Vedi, noi siamo solo conigli. Sappiamo saltare, scavare e vedere con chiarezza tutto quello che succede tra le nostre orecchie e le nostre zampe ... ».

«Ci accorgiamo di quello che succede,» proseguì Nonno Coniglio «ma non sappiamo *perché* succede».

«Per questo c'è bisogno di qualcuno che ... »

La sua frase fu interrotta da un ticchettio sul vetro della finestra.

Toc toc toc toc

«Oh, ecco Messer Picchio!» esclamò Mamma Coniglia. «Ha una lettera per noi».

Andò a prendergliela dal becco e la diede a suo marito.

Papà Coniglio scorse brevemente il testo.

«Ci siamo! È venuto il momento. Dobbiamo andare».

Nonna Coniglia consegnò allora a Bart una tracolla con una focaccia imbottita e un fiasco.

«Per il viaggio che sarà lungo».

«Dove andiamo?»

Papà Coniglio si calcò bene in testa il suo cappello da postino.

«Dove le cose diventeranno chiare».

Zoe planò con un volo piuttosto pesante sulla spalla di Bart.

«Eccomi!» esclamò. «In questa postazione, da lontano, potrei avere anche la dignità di un falco, vero?»

12. Cosa minaccia il Regno Eremita?

Usciti dalla casa nella radura, Bart, Zoe e Papà Coniglio imboccarono il sentiero che si dirigeva verso il fitto della foresta.

La penombra via via divorò la luce.

Alberi enormi circondavano la strada, i loro tronchi erano coperti di muschio. Bart ne sfiorò uno con la mano e si accorse che era morbido come velluto.

Anche il terreno coperto di foglie era morbido, sembrava quasi di camminare sopra un materasso.

«Peccato non potersi fermare per una bella merendina» commentò Zoe, accoccolata sulla spalla di Bart.

Abituandosi alla penombra e a quei groviglio di rami, Bart si accorse che la loro marcia era spiata da molti occhi. Tassi, ricci, scoiattoli, picchi e civette li stavano osservando nascosti tra le fronde e gli anfratti.

A un tratto, gli parve persino di sentire delle piccole voci. Sembrava dicessero:

«Buona fortuna ... buona fortuna! Che il Cielo vi protegga!».

«Parlano con noi?» domandò Bart a Papà Coniglio.

«Certo, ci fanno gli auguri» rispose senza rallentare il passo.

Camminarono ancora a lungo in silenzio.

Con il trascorrere delle ore, Bart sentiva le gambe farsi sempre più molli. Era stanchezza, certo, ma assomigliava anche al tremito che aveva avuto in cima al trampolino.

Davanti a lui, infatti, si stava aprendo una realtà sconosciuta, ed era convinto di non essere in grado di dominarla. Le aspettative che tutti sembravano avere nei suoi confronti rendevano questo tremito sempre più grande.

Arrivati in un punto dove il bosco era meno fitto e i raggi del sole attraversavano come lame dorate le chiome, si fermarono per rifocillarsi.

Bart mangiò metà focaccia, mentre Zoe razzolò per un po' lì intorno. Papà Coniglio sbocconcellò distrattamente una carota, poi bevve dalla sua borraccia, consigliando a Bart di fare altrettanto perché, di lì a poco, il cammino si sarebbe fatto più impervio.

Bart obbedì ma, al primo sorso, gli venne da sputare tutto.

Era davvero disgustoso!

«Non è acqua. Che cos'è?»

«È l'Elisir di Coniglio».

«Ma io non sono ... » stava per protestare Bart, quando si ricordò del nome che gli aveva dato Filiberto.

Diede allora un colpo di tosse.

«Ehm ... E che effetti ha?»

Papà Coniglio si pulì i baffi con la zampa e disse:

«A ogni coniglio tira fuori l'artiglio, per affrontare il periglio».

Bart bevve allora due grandi sorsi e, subito, sentì le gambe farsi più forti.

Marciarono ancora per un tempo brevissimo.

Il bosco era sempre più spelacchiato ma, invece di esserci più luce, sembrava che a ogni passo le cose venissero inghiottite da una foschia lattiginosa.

A un certo punto, quando ormai era difficile scorgere i bordi del sentiero, Papà Coniglio si fermò e disse:

«Voi aspettatemi qua, senza muovervi» e sparì saltando nel fitto della nebbia.

Dopo qualche minuto ricomparve, spingendo una bicicletta rossa.

«Questa» disse, passando la manica sul sellino per togliere le foglie che la ricoprivano, «ormai la uso solo per le consegne straordinarie».

«Straordinarie? In che senso?» domandò Bart inquieto.

«Fuori dall'ordinario. Cioè fuori dal nostro bosco. Fuori da tutto ciò che posso raggiungere saltando».

Detto questo, Papà Coniglio estrasse una pompa dalla sacca e, dopo aver tolto il tappino, con poche mosse abili, gonfiò entrambe le gomme. Poi, reggendola per il manubrio, s'incamminò lungo il sentiero, seguito da Bart e da Zoe.

Guardandosi intorno, Bart ebbe la sensazione che qualcuno stesse cancellando tutte le cose con una gomma gigante.

Faceva fatica persino a mettere un passo dietro l'altro.

Dopo qualche minuto, Papà Coniglio si fermò.

«Ci siamo» disse, e montò in sella alla bicicletta.

"Ci siamo dove?" stava per chiedere Bart ma, appena alzò lo sguardo, la domanda gli morì in bocca.

Tutto il mondo intorno a loro era scomparso, inghiottito da quello che ormai non sembrava essere altro che una gigantesca nube di panna montata.

«E noi?» domandò allora incerto.

Papà Coniglio suonò allegramente il campanello.

«E voi a bordo! Si parte!»

«A ... a bordo ... ma dove?» chiese Bart.

Papa Coniglio mostrò la canna della bici.

«Accomodati pure».

«E io?» disse Zoe.

«A te la scelta. Manubrio o portapacchi?»

«Manubrio!» esclamò Zoe, sistemandosi vicino alle manopole. «Così mi vedete. E se non mi vedete più, almeno vi preoccupate».

Seduto sulla canna, Bart stava davvero scomodo, e per di più si sentiva in equilibrio precario.

«Ehm, non è che per caso c'è una cintura di sicurezza da qualche parte?» tossicchiò con discrezione.

In quello stesso momento Papà Coniglio cominciò a pedalare, dopo essersi calato per bene il cappello in testa e infilato dei vecchi occhiali da pilota.

"O magari degli airbag?" pensò Bart, senza avere il coraggio di dirlo.

Per alcuni minuti, la bici avanzò come se ci fossero dei sassi sul sentiero. Soltanto quando il rollio si fece più forte, Bart si rese conto che somigliava al movimento che facevano gli aerei sulla pista, un po' prima del decollo.

Si guardò intorno.

Ormai erano completamente circondati dalla panna montata.

A un tratto, Bart sentì lo stomaco accartocciarsi e il rollio cessò, trasformandosi in una sottile vibrazione.

«Oh oh, Ciccio! Non ci posso credere!» sbraitò Zoe. «Tutti i sensori ancestrali delle mia specie mi dicono che stiamo volando! *Yuuuu!* Non pensavo che avrei mai avuto questa fortuna nella vita. Mai!»

«Neppure io» rispose Bart. «E sulla canna di una bici, poi!»

«Ma tu non hai le ali, e dunque non puoi capire la frustrazione».

«Quale frustrazione?»

«Avere l'attrezzatura per volare, ma non riuscire a farlo».

Intanto la panna montata si era un po' diradata e, da più parti, cominciava a comparire l'azzurro del cielo.

Papà Coniglio continuava a pedalare con vigore e, con altrettanto vigore, scampanellava non appena intravedeva uno stormo di oche o di rondini venirgli incontro.

Oltre il terrore che invadeva ogni sua fibra, Bart aveva anche una domanda che voleva fare fin dal primo momento che erano usciti dalla casa, senza riuscire però a formularla.

Dove stavano andando?

Finalmente, sotto di loro, cominciava a intravedersi qualcosa, e quel qualcosa sembrava un deserto.

Un deserto con grandi dune di sabbia, oasi lussureggianti e rotoli di spine che sembravano volare, sospinti dal vento.

Papà Coniglio aveva azionato i freni.

I gommini delle ganasce stridevano sinistramente, mentre la superficie della terra sembrava sempre più vicina.

"Ci stiamo per schiantare" pensò Bart e, afferratosi forte al manubrio, chiuse gli occhi.

Ma invece dello schianto, di lì a poco sentì di nuovo il *frrrr* dei pedali.

Papà Coniglio aveva semplicemente corretto la rotta.

Ora stavano volando più o meno a cinque metri da terra, e da lì Bart poteva vedere distintamente tutte le meraviglie che si offrivano al suo sguardo.

Più che il Sahara, adesso sembrava il deserto del Cile.

Sotto di lui, infatti, si susseguivano enormi cactus fioriti, nei quali si inabissavano tanti piccoli colibrì dai colori splendenti.

Zoe batté le ali felice.

«Quando lo racconterò ai miei nipoti, non mi crederanno mai!»

«Ma se non hai nipoti!» puntualizzò Bart.

«Per adesso, Ciccio. Ho ancora davanti tutta la vita per averli!»

In quel preciso istante, la bici volante riprese a salire, sprofondando in una nuova gigantesca nube di panna.

Quando ne uscirono, sotto di loro non c'era più il deserto ma il verde cupo di una giungla tropicale, popolata di scimmie e di uccelli multicolori.

Papà Coniglio cabrò e, in breve, le ruote della bici volante cominciarono a sfiorare le sommità degli alberi.

«Questa è la Giungla delle Giungle» disse, indicando con la zampa il paesaggio sottostante. «E quello di prima era il Deserto dei Deserti».

«Ma ... in che paese siamo?» chiese Bart, disorientato.

«In nessuno e in tutti» rispose il coniglio. «Siamo nella parte del Regno che ancora resiste».

Il viaggio aereo proseguì e, di lì a poco, dalla Giungla delle Giungle passarono all'Artico degli Artici. Sotto di loro infatti non si scorgeva altro che un abbacinante e sconfinato deserto di ghiaccio.

Quando ormai Bart cominciava a pensare che tutta quella

strana avventura si sarebbe limitata a una sorta di bizzarro giro turistico, la bici volante entrò in una nube scura e venne risucchiata da un vuoto d'aria, vorticando su se stessa come se fosse in un frullatore, per poi atterrare maldestramente su quella che, in tutto e per tutto, sembrava una normale spiaggia di sabbia.

Papà Coniglio si sfilò gli occhiali da pilota.

«Ce l'abbiamo fatta» osservò con aria soddisfatta.

«Vuol dire che siamo arrivati?» chiese Bart, deluso. «Insomma, abbiamo fatto tutto questo viaggio soltanto per arrivare in una spiaggia?»

Papa Coniglio scosse le orecchie:

«Il viaggio non finisce qui. Qui il viaggio inizia».

«E allora perché siamo atterrati?»

«Già, perché?» protestò Zoe. «Era così bello volare».

«Mi dispiace, ma la mia bici non può andare oltre».

«E perché?»

«Diversa densità dell'aria».

Zoe fissò il mare con aria perplessa:

«Be', dato che davanti a noi c'è soltanto acqua, sospetto che bisognerà nuotare. E allora vi dico: non contate su di me, non sono un'anatra e neppure un gabbiano. A dire il vero, non mi sarebbe dispiaciuto essere un cigno, ma … ».

«Non ce ne sarà bisogno» rispose Papà Coniglio e, portando le zampe alla bocca, fece un lungo fischio.

Dopo qualche istante, l'acqua davanti a loro cominciò a incresparsi e due enormi tartarughe violino comparvero sulla battigia.

Si assomigliavano come due gocce d'acqua.

Bart capì subito che erano madre e figlia.

«Benvenuti!» dissero allegramente le due testuggini, e subito li invitarono a salire a bordo.

Non era facilissimo stare in piedi su quella superficie convessa e scivolosa, ma certo era meglio che nuotare.

Di tanto in tanto, qualche delfino si accostava a loro e li accompagnava per un pezzo, ripetendo «Grazie! Grazie!» con voce nasale.

Verso il tramonto, all'orizzonte comparve un'isola.

Non era molto grande e dava l'impressione di essere leggermente sospesa sulla superficie del mare.

Al centro, si stagliava una piccola montagna. Poteva essere un vulcano.

Non si vedevano strade né case.

Sembrava disabitata.

Quando le tartarughe rallentarono per accostarsi alla spiaggia, non ci fu bisogno che Papà Coniglio dicesse qualcosa.

Bart capì che avevano finalmente raggiunto la loro meta.

13. Bart ritrova il Maestro Tien Lu

La sabbia della spiaggia era tiepida sotto i loro piedi.

Intorno, c'erano delle palme piene di noci di cocco e di banane.

Papà Coniglio non aveva più l'espressione preoccupata che l'aveva accompagnato per tutto il viaggio.

Il fatto che una delle tartarughe, invece di sparire nelle profondità marine, fosse rimasta lì vicino a mangiucchiarsi un po' di alghe, lasciava Bart perplesso.

E se fosse stato tutto uno stratagemma per farlo cadere in trappola?

Se Papà Coniglio fosse tornato indietro da solo, lasciandoli là?

Ma chi lo avrebbe architettato, e per quale ragione?

Mentre era immerso in queste elucubrazioni, Bart vide una persona avvicinarsi dal fondo della spiaggia.

"Un povero naufrago" pensò. "Quello in cui forse, tra un po', mi trasformerò io".

Non ebbe neppure finito questo pensiero, che un grido di meraviglia gli uscì dalla gola:

«Tien Lu!».

Non c'erano dubbi.

Era proprio lui, camminava come l'aveva visto fare nel parco. Leggero e veloce, e con lo stesso enigmatico sorriso sulle labbra.

«Lui sa il come e il perché» bisbigliò Papà Coniglio a Bart. «Lui conosce tutto ciò che va al di là delle orecchie e delle zampe».

Quando l'anziano cinese arrivò di fronte a loro, Papà Coniglio fece un inchino educato.

«Maestro Lu».

Il maestro si inchinò a sua volta.

«Lunga attesa finita».

Mangiarono qualcosa insieme in una capanna vicino alla spiaggia, parlando del più e del meno.

Poi Papà Coniglio si alzò, fece un breve inchino e disse:

«È ora che io vada».

Abbracciò forte Bart con le sue zampe pelose, senza dire nulla, ma, dall'intensità della stretta, il ragazzo capì tutto quello che passava nel suo cuore.

Zoe – che stava razzolando nel bosco poco distante – trangugiò in fretta un megaverme per salutarlo come si deve.

«Addio, Papà Coniglio. Grazie ancora per le belle pappate!»

«Grazie a te, Zoe. Sei davvero una gallina come poche».

«Allora tu rimani!» esclamò Bart, voltandosi verso di lei.

«Perché mai dovrei lasciare un paradiso del genere? E poi,

Ciccio, non ho forse fatto il nido sul tuo cuscino? Una brava gallina non abbandona mai il suo pulcino!»

«Non sognarti di chiamarmi pulcino davanti al maestro Lu!» le bisbigliò in un orecchio.

Appena Papà Coniglio scomparve all'orizzonte sul dorso della tartaruga, subito calò la notte.

Zoe, Bart e il maestro Lu si ritirarono a dormire nella capanna.

«Siamo ancora nel *Regno Eremita*?» chiese Bart prima di chiudere gli occhi, avvolto in una grossa foglia di banano.

«Sì» rispose Lu. «Questo, ultimo avamposto».

La mattina dopo, svegliandosi, Bart trovò la capanna vuota.

Andò sulla spiaggia e vide Tien Lu, poco lontano, che stava disegnando con un bastone degli ideogrammi sulla sabbia.

Riconobbe *Cielo, Terra* e *Uomo*.

Quando poi Maestro Lu si sedette sulla sabbia tiepida, Bart gli si accoccolò accanto in silenzio.

Soltanto dopo un po' di tempo osò fargli la domanda che, per tutto il viaggio, era risuonata nella sua testa.

«Che cosa minaccia il vostro Regno?»

Tien Lu sospirò come dovesse sollevare una grossa pietra dal cuore. Il suo sguardo era fisso sulla linea dell'orizzonte.

«Disordine» disse. «Grande disordine. Né giorno, né notte. Né alto, né basso. Né giovane, né vecchio. Disordine mangia ogni cosa come nebbia. Se niente è chiaro, niente può crescere. Pianta va verso l'alto. Se non c'è l'alto, pianta non va da nessuna parte».

Bart pensò allora a quando viveva in casa di Amaranta.

«A dire il vero, la mia vita fino a poco fa era molto ordinata».

«Non ordinata. Programmata».

«Programmata?» ripeté Bart colpito.

Effettivamente, fino all'arrivo di Zoe, non aveva fatto una sola cosa di testa sua. Aveva soltanto obbedito agli ordini di Amaranta e a quelli di Pierfrancesco. Aveva obbedito a quelli della casa robotica, ma era davvero bella la sua vita?

Quali sentimenti aveva avuto nel suo cuore?

La paura, certo.

La paura di non essere all'altezza, di deludere.

La paura di sbagliare programma.

E oltre la paura?

Gli tornò in mente quello che aveva provato quando Amaranta aveva fatto sparire Kapok. Aveva sofferto molto allora, ma poi aveva sepolto quel dolore in fondo al cuore.

Era stata Zoe a portare il caos nella sua vita.

All'inizio quel caos l'aveva terrorizzato, ma adesso si rendeva conto che non avrebbe più potuto farne a meno.

Per la prima volta da quando era nato, Bart si sentiva incredibilmente vivo e anche – forse per effetto dell'Elisir di Coniglio – anche piuttosto coraggioso.

«Cielo è padre; Terra, madre. Uomo, albero: per crescere, vuole cielo e terra; padre e madre».

Bart pensò allora ad Amaranta e a Pierfra.

Possibile che non avesse alcuna nostalgia di loro, che non avesse alcun desiderio di tornare a casa?

C'era qualcosa che non andava in lui, o in loro?

Sospirò.

«Io... Io non credo di voler bene al mio papà e alla mia mamma. Forse sono catti... »

«Amaranta, non vera mamma e Pierfrancesco, non vero papà. Loro grandi nemici del *Regno Eremita*».

A quelle parole, Bart pensò a un suo compagno di scuola che era nato in Congo e aveva due genitori bianchi.

«Vuoi... vuoi dire che sono stato adottato?»

Maestro Lu sorrise.

«Non adottato. Loro, sostituti di veri genitori, non veramente genitori. Loro programmati per programmare. Nel programma non c'è cuore. Se non cuore, non Uomo».

Bart cominciava a sentirsi confuso.

«Ma insomma, chi...?»

Lo sguardo di maestro Lu diventò molto pensoso.

«Lui rubato loro anima. Lui ormai rubato quasi tutte anime».

«Lui chi?»

«Ha molti nomi, ma nessun nome».

«Ma perché?»

«Padrone del mondo, suo sogno. Se *Regno Eremita* esiste, Lui ancora non padrone del mondo».

«Per questo lo odia tanto?»

«In *Regno Eremita* niente immondizia. Vero cielo, vera terra, veri sogni, veri sentimenti, vere piante, veri animali. Impossibile programmare! Se *Regno Eremita* finisce, tutto finisce».

Quello che il maestro Lu gli raccontò nelle ore seguenti lasciò Bart davvero tramortito.

Amaranta e Pierfrancesco, in realtà, non erano delle vere persone ma degli umanoidi totalmente dediti al loro Capo che viveva nascosto, da tempo immemore, nelle viscere della terra.

Il suo cuore era di fuoco e ardeva di un solo desiderio.

Conquistare la terra, trasformandola nel suo Regno.

Mancava pochissimo alla realizzazione del suo sogno.

Ormai i veri esseri umani erano sempre più rari e, proprio per questo, più minacciosi.

Appena le sue spie gli comunicavano un lieto evento, il Capo faceva rapire il piccolo dai suoi sgherri e lo consegnava a una coppia di suoi devoti.

Era l'unico modo per farli tacere per sempre.

«Ma allora i miei veri genitori sono... » aveva chiesto Bart.

«Loro suoi prigionieri».

«Ma perché fa tutto questo?»

«Il Programmatore vuole essere padrone del mondo. Se *Regno Eremita* continua a esistere, lui non padrone del mondo. Per questo distrugge *Regno Eremita*».

«Vuol dire che il *Regno Eremita* è fatto dai sogni dei veri uomini?»

«Dai sogni e dai pensieri, dai pensieri e dai sentimenti. Di veri uomini, di vere piante, di veri animali. Di vero cielo e di vera terra».

Detto ciò, Tien Lu lo portò in un punto preciso del bosco dove era nascosta una Grande Sfera di Cristallo, e vi posò una mano sopra.

La Sfera si accese subito come un mega schermo al plasma.

In principio, tutto sembrava grigio e indistinto, poi il grigio si trasformò in una nebbia da cui, lentamente, iniziarono ad affiorare i grattacieli altissimi di una grande città.

Davanti a loro, enormi ruspe stavano abbattendo alberi per fare spazio a nuovi edifici talmente alti che, più che grattacieli, sembravano *sfondacieli*.

Dalla nebbia sbucarono poi decine e decine di ciminiere e di tubi che scaricavano liquami tossici nell'aria.

Pesci boccheggianti saltavano fuori da fiumi neri e pieni di schiuma, mentre altri animali morivano tra spasmi tremendi per il veleno, per la fame e per la sete.

C'erano poi altri grattacieli, e quei grattacieli erano pieni di gabbie con tutti i tipi di animali. Figure vestite di bianco si aggiravano là in mezzo con le siringhe in mano, facendo esperimenti.

Nessuno poteva più riprodursi secondo la sua via naturale.

Un po' di merluzzo andava nelle fragole e un po' di fragola nel topo; la medusa nel fagiano, e il fagiano nel maiale.

Da quei laboratori sarebbero usciti dei mostri che, in breve, avrebbero colonizzato e distrutto la terra con la loro tragica infelicità e il disordine dei loro geni.

Apparve poi una grande metropoli brulicante di milioni di persone che correvano frenetiche, senza parlarsi, senza guardarsi, senza scambiare un cenno di saluto.

Sul bordo di una strada, Bart vide una donna anziana e malata, ma nessuno si fermava a offrire aiuto. C'era anche un bambino che piangeva disperato, ma i passanti correvano tutti indaffarati, senza vederlo.

Poi Bart vide addensarsi delle nuvole pesanti che, lentamente, oscuravano il sole, come se qualcuno avesse steso una coperta nel cielo.

I raggi non arrivavano più a terra e le giovani piante chinavano il capo, non sapendo dove dirigersi.

Più le immagini si susseguivano, più un senso di desolazione invadeva il cuore di Bart. Che differenza con i paesaggi del *Regno Eremita* che aveva appena attraversato!

Lì, pur nella diversità, tutto era splendore, tutto armonia.

Ciò che vedeva nella Sfera, invece, provocava soltanto una gran tristezza.

Era quello il mondo in cui era stato allevato, era quello il mondo per il quale era stato programmato a vivere, come docile servo delle macchine.

Un mondo di noia, di solitudine.

Un mondo in cui il destino e l'imprevisto erano banditi.

«Questo è il mondo che realizza suoi desideri» aveva detto Tien Lu. «Suo mondo cresce e nostro muore divorato».

«Ma perché fa tutto questo?» aveva ripetuto ancora una volta Bart.

Non riusciva a capirlo.

«Ricordi cosa ho detto te nel parco, quando Filiberto fuggito?»

Sì, Bart lo ricordava e ripeté: «Chi è gentile ha radici profonde, chi è arrogante ha solo grandi scarpe?».

«Già. Arrogante vuole sempre comandare».

«Può farlo perché è più forte».

«Dipende cosa significa forte» fu la risposta di Lu.

A quel punto, le immagini scomparvero e, di tutto il mondo che avevano visto fino ad allora, rimase soltanto l'audio.

Vrrammbbrommmmmsbranzbipbipibiptuuuuuubeeepp

Molti di quei rumori Bart li conosceva bene.

Macchine, aerei, treni, pompieri, allarmi, suonerie elettroniche, voci gradevolmente sintetizzate, unite al rumore della pioggia battente e di qualche tuono lontano.

«Tu ascolta bene» disse allora Lu.

«Sono i rumori che sento da sempre».

«Tu ascolta meglio».

Bart si concentrò.

Effettivamente, in fondo a tutto quel frastuono, sembrava esserci una specie di musica.

Ascoltando con più attenzione, si accorse che, più che una musica vera e propria, somigliava piuttosto al ripetersi ossessivo di alcune sillabe.

«Sento qualcosa ... Come se fosse un po' una colla che tiene tutto insieme».

«Senti la voce?»

«Sì, adesso mi pare di sì ... Dice *mo... mo... money*? Sì, *money*! Dice *money, money, money...* »

Bart fece una pausa perplesso, chiedendo conferma:

«Soldi soldi?»

«Ora tu sentito sua vera voce».

«Il Programmatore vuole essere pagato? E perché?»

«No. Lui crede se tu hai soldi, tu comandi, tu compri tutto quello che vuoi».

A Bart tornò in mente il gran numero di cose che gli aveva acquistato Amaranta. Ogni volta che aveva un desiderio, lei lo esaudiva subito. Lui ne era contento, è vero, ma ogni volta un po' meno.

Dopo, la tristezza gli mangiava sempre un pezzetto di cuore perché, invece di abbracciarlo, Amaranta lo riempiva di cose.

Forse allo stesso modo il regno del Programmatore stava mangiando il *Regno Eremita*.

Quando Zoe era arrivata nella sua vita, Bart non si sentiva molto diverso da una scatola vuota.

Era stata lei a riattivare il piccolo fuoco quasi spento del suo cuore.

«È vero, ci sono cose che non si possono comprare» osservò allora Bart.

«Cose vere non si comprano. Cose vere solo importanti».

"Quali sono?" stava per chiedere Bart, ma in quell'istante il suo sguardo cadde sul nido che Zoe aveva appena fatto, raccogliendo rametti sparsi, e sopra il quale se ne stava accoccolata con aria felice.

Tra una pappata e l'altra si era parecchio ingrossata, aveva sfoderato una bellissima cresta e dei brillanti bargigli.

Più che un pollo da abbattimento rapido, ora sembrava una vera chioccia.

Una chioccia teneramente in attesa dei suoi pulcini.

«Il nido, ad esempio... è una cosa importante?» azzardò Bart.

Tien Lu sorrise:

«Nido importante. Molto importante. Tutti bisogno di nido».

14. Resta pochissimo tempo!

Quella notte Bart non riuscì a dormire.

Si girava e rigirava sotto la foglia di banano, come se delle formiche rosse gli camminassero lungo tutto il corpo.

Come sempre, Zoe si era sistemata alla destra del suo cuscino.

In lontananza, si sentiva il rumore del mare, unito a quello degli animali notturni della foresta alle spalle della loro capanna.

«Psst… Zoe? Psst… Zoe!»

«Mmm… Sì, che c'è?»

«Sei sveglia?»

«Pressappoco».

«Ti va di andare a camminare sulla spiaggia?»

«Non sono mica una civetta, e neppure la tua fidanzata».

«Però credevo fossi la mia migliore amica».

Zoe sbadigliò rumorosamente.

«E va bene. Andiamo».

La sabbia risplendeva bianchissima sotto la luna piena.

Una brezza leggera muoveva le foglie dei cocchi e dei banani, provocando un suono simile a quello di uno xilofono.

Dlen, dlen, dlin

Camminarono per un po' sulla battigia in silenzio.

A un certo punto Bart si accorse che, invece di magnifiche conchiglie, la risacca depositava ai loro piedi spazzatura di ogni tipo.

Bottiglie di plastica, lattine, scatole di polistirolo, tronchi di bambole senza più testa né gambe, ciabatte rotte e scarpe ancora intere, palloni sgonfi, flaconi di shampoo e di dopobarba, centinaia di cicche di sigarette, migliaia di bastoncini per pulirsi le orecchie, oltre a decine e decine di sacchetti di ogni forma e colore che, galleggiando nella risacca, sembravano un esercito di meduse agonizzanti.

A Bart venne da piangere, vedendo quello scempio.

Dov'era finita la meravigliosa spiaggia su cui erano arrivati a dorso di tartaruga?

Desolata, Zoe diede un calcio a una bottiglia.

«Un'altra parte di Regno se ne è andata» osservò tristemente.

«Chissà se Papà Coniglio ce l'ha fatta ad arrivare dall'altra parte o se ... »

«O se la nostra amica tartaruga è stata soffocata da uno di questi sacchetti di plastica. Per loro, le meduse sono come per me i lombrichi: una super pappa. E dato che sono piuttosto orbe, se c'è questa porcheria in giro, possono anche confondersi e ... »

«Oh no! Non possiamo avvertirle?»

«Temo sia troppo tardi ... quando un pezzo di Regno è pappato, addio! Non c'è più niente da fare!»

Bart ebbe un moto d'impazienza.

«Non capisco più niente! Siete tutti così misteriosi» protestò. «Come faccio a immaginare un nemico da combattere se non so come si chiama e come è fatto? È vero, conosco la sua voce, *money money*, so quello che fa e perché lo fa, ma non so chi è!»

Zoe si fermò allora con le zampe a mollo nell'acqua.

Nella luce lunare le sue piume bianche risplendevano gloriose come quelle di un cigno.

«Ascolta Ciccio, Lui è molto più furbo di tutti noi, oltre a essere molto più vecchio di tutti noi. Lui ha tanti nomi e, proprio per questo, non ne ha nessuno perché, non avendone nessuno, sembra che non esista, e così nessuno lo può combattere».

«Be', ma allora diamogli un nome noi, così almeno sappiamo di cosa stiamo parlando».

«Tu ad esempio che nome gli daresti?»

«Mmm, non lo so».

«Allora te lo dico io. Lo chiameremo Sua Ingannevole Menzognità».

«Perché imbroglia?»

«Perché fa credere che è importante ciò che importante non è».

Poi, per rendere le cose più chiare, Zoe raccontò a Bart l'unica storia che conosceva bene, quella delle generazioni e generazioni di galline che l'avevano preceduta.

Dai tempi della sua quadritristristrisbisbisavola, cioè dalla notte dei tempi, le galline e gli uomini erano vissuti uno accanto all'altro, traendone reciproco beneficio.

«Gli uomini si accontentavano di poco, qualche uovo ogni giorno, nella stagione giusta e ogni tanto, ma veramente ogni tanto, ehm, un bel pollo arrosto» disse deglutendo. «Mentre le galline si accontentavano del cibo abbondante, dell'acqua e dei pollai che le proteggevano dalle volpi. Ma un giorno,» continuò Zoe «un brutto giorno, Sua Ingannevole Menzognità insufflò un'idea nella testa degli uomini. Il pollo arrosto andava mangiato ogni giorno, e la stessa cosa doveva succedere con le uova fritte. E allora, giù i pollai e su i capannoni, via le chiocce e i nidi, e su le lampade e le grate di metallo. Niente nido, niente Papà Gallo, niente Mamma Gallina, niente corse sull'erba a cercare i primi vermi; niente razzolate, niente rotolamenti nella polvere, né sonnellini all'ombra di una pianta. Tutto ciò per cui eravamo state fatte, Ciccio, cancellato in un colpo solo. *Money money money money!* Invece di creature viventi, siamo diventate macchine da carne, cadaveri viventi ecco! Fino a quando tu mi hai raccolto, io non sono stata altro che questo. Un cadavere vivente».

Bart taceva, rattristato dal racconto.

«Mi avresti preferito così, Ciccio? Nuda sotto un bel cellophane con la scadenza incollata sopra?»

«Oh no!» rispose Bart. «Se penso a ... »

«A tutte le mie parenti che hai mangiato?»

«Sì» disse, abbassando lo sguardo.

Sentiva lo stomaco rattrappirsi come fosse in procinto di vomitare.

«Non ti preoccupare, Ciccio. Non potevi saperlo. Pensavi che fossimo soltanto un tipo diverso di sofficino. Chi non sa, è innocente».

«Ma io mi sento male lo stesso».

Zoe saltò su una sedia di plastica abbandonata lì dalla corrente.

«Guarda là sotto!» disse, indicando con un'ala la profondità del mare poco distante.

Bart si affacciò e si accorse che, al posto delle alghe e del fondale, si intravedevano ora, in trasparenza, i fumi di una megalopoli in perpetuo movimento, e quei fumi si espandevano, intorbidando l'acqua.

«Sta salendo con la marea» disse allarmato.

«Già. Ha divorato il fondo dell'isola, e tutto questo tripudio di rifiuti che ci circonda è il suo biglietto da visita. Ci sta dicendo: siate pronti, vi resta pochissimo tempo».

Quella notte Bart e Zoe non tornarono più alla capanna.

I primi raggi del sole li trovarono assopiti, uno accanto all'altra, sul limitare della spiaggia.

Fu Zoe la prima a svegliarsi e, solleticando il naso di Bart con la punta dell'ala, lo costrinse ad aprire gli occhi.

«Preferisci così o *chicchiricchi*...?»

Bart si stiracchiò sorridendo, ma il senso di benessere scomparve non appena si ricordò di tutto quello a cui aveva assistito la notte precedente.

Dopo il mare, quale sarebbe stata la prossima cosa a scomparire?

E quanti giorni rimanevano ancora, prima della totale catastrofe?

Bart pensò alla Casa di Papà Coniglio.

Era già stata stritolata dalla nebbia, o Nonna Coniglia poteva ancora impastare le sue torte, tenendo d'occhio Flic e Floc che giocavano sul pavimento, ignari di tutto?

E se sì, per quanto ancora l'avrebbe fatto?

Nonno Coniglio non aveva forse brindato al suo arrivo dicendo: «A Bartolomeo, il nostro salvatore?».

E tutti gli animali che lungo la strada gli avevano augurato buona fortuna?

Bart vedeva ancora brillare i loro sguardi innocenti e pieni di speranza.

No, davvero non poteva più perdere tempo.

Se quello era davvero il suo destino, era arrivato il tempo che questo destino si compisse.

Con passi decisi, e seguito da una Zoe altrettanto marziale, Bart andò alla ricerca di Tien Lu.

Lo trovarono sulla spiaggia, intento a compiere una complicata danza che preferirono non interrompere, sedendosi poco lontani ad ammirarlo, incantati.

Bart aveva subito capito che si trattava di Kung Fu – ci aveva giocato spesso sul Nintendo – ma quello a cui stava assistendo era completamente diverso da tutto ciò che conosceva.

Tien Lu, infatti, non aveva giganteschi bicipiti tatuati, né bracciali chiodati ai polsi, eppure, bastava guardarlo anche solo un attimo, per venir presi da un terrore profondo.

Si muoveva a volte con estrema lentezza, altre velocissimo.

Un secondo accarezzava l'aria e il secondo dopo la frustava con incredibile violenza.

Aveva la forza di una tigre e l'aggraziata leggerezza di un airone; l'agilità di una scimmia e la presa potente di un grande anaconda.

«Piacerebbe anche a me imparare questa danza» bisbigliò Zoe. «Così, invece di una gallina, potrei sembrare un'aquila o una gru. Potrei addirittura stritolare i nemici con la semplice forza del collo, come i cigni».

«Ma quanti anni avrà?» commentò Bart, mentre il maestro spiccava un magnifico salto nell'aria.

«Stratantissimi» gli rispose Zoe. «Più di tutte le mie bis e tris generazioni messe in fila, e più anche delle tue».

Quando Tien Lu si fermò, sembrò che tutto il mondo si fermasse con lui.

Il suo respiro era calmo, come se fosse stato seduto a leggere il giornale, mentre il suo sguardo era concentrato su un punto all'orizzonte.

Al di fuori del canto melodioso degli uccelli nascosti tra le fronde delle palme, non si sentiva altro suono.

Dopo qualche minuto, il maestro Lu si scosse, come se si fosse risvegliato da un sogno e, con passo leggero, si avviò verso la capanna.

Bart e Zoe lo seguirono in silenzio.

Entrando nella capanna, Bart si inchinò davanti al vecchio cinese e, chiudendo il pugno dentro l'altra mano, come aveva visto fare nei film, disse con voce un po' tremante.

«Maestro Lu, vi chiedo umilmente di poter diventare vostro allievo».

Tien Lu non rispose.

Continuò a preparare il tè versandone tre tazze, una per Bart, una più piccola per Zoe, e l'ultima per sé.

Fu poi la volta del riso, che aveva appena bollito, e che divise ancora per tre.

Bart lo fissava indeciso: "Mi avrà sentito, o non mi avrà sentito?".

Proprio nel momento in cui stava per ripetere la domanda, il maestro Lu disse:

«Combattere vuol dire conoscere proprio nemico».

Il cuore di Bart fece un salto di gioia.

Dunque ora finalmente ...

Il maestro posò la tazza su una stuoia, si alzò, scomparve nel ripostiglio della capanna e tornò con uno specchio in mano.

«Guarda!» disse a Bart. «Cosa vedi?»

Bart si affacciò speranzoso, convinto che si trattasse di uno specchio magico in grado di mostrargli finalmente il volto del suo Avversario.

Con sua grande delusione però, vide soltanto la sua faccia.

«Allora?» incalzò il maestro.

«Vedo. Vedo solo me» balbettò Bart.

«Bene» Lu sorrise. «Ora conosci tuo primo grande nemico».

Nei giorni seguenti, cercando di seguire i movimenti del maestro Lu sulla spiaggia, Bart cominciò a capire il significato di quelle parole.

Erano la sua sfiducia, la sua insicurezza a renderlo incapace di fare la cosa giusta.

Se studiava un calcio volante, ad esempio – e pensava di essere Bart che doveva dare un calcio volante – inciampava ancora prima di decollare, cadendo rovinosamente al suolo.

Se invece si dimenticava di essere Bart – e immaginava di essere una tigre, una mamma tigre che doveva difendere i suoi piccoli – la tecnica gli riusciva benissimo.

Dall'alba al tramonto, per un'intera settimana, lavorò senza soste con il maestro Lu.

Zoe faceva da pubblico e, davanti alle sue migliori prestazioni, non riusciva a trattenersi dal battere le ali per la soddisfazione.

La sera, sebbene fosse stanco, Bart stentava sempre ad addormentarsi. Si sentiva ogni giorno più sicuro di sé, più forte, ma, più cresceva la forza, più crescevano anche le domande, i dubbi.

«Zoe» disse piano, una notte. «Tu pensi mai ai tuoi genitori?»

«Oh, certo, ci penso sempre! Cerco i vermi e mi chiedo: che odore avrà avuto il nido in cui non sono nata? Sono sicura che mio padre è un gallo bellissimo e mia madre sta ancora cercando le uova che le hanno rubato».

Bart sospirò.

«Io, invece di pensare a loro, penso sempre a Kapok».

«È normale» rispose Zoe. «Lui, invece di programmarti, ti ha voluto bene così com'eri. Ti faceva caldino dentro, così come un giorno io lo farò ai miei pulcini».

Bart sospirò e, allungando un braccio nella sua direzione, disse:

«A me lo fai già».

E, così abbracciati, si addormentarono.

15. Bart affronta i suoi fantasmi

La mattina seguente furono svegliati da un forte rumore che proveniva dal tetto.

Sdonk! Sbonk! Sbunk!

Maestro Lu era già uscito ad allenarsi.

Bart e Zoe corsero fuori per cercare di capire cosa stava succedendo.

Quello che videro li riempì di orrore e stupore.

Dalle palme si stavano staccando, uno a uno, tutti i frutti, come stavano facendo anche le banane dai banani.

Si guardarono intorno.

Non c'era un filo di vento e non era certo la stagione giusta perché cadessero così facilmente.

Precipitavano non soltanto i frutti maturi, ma anche quelli verdi.

Girando intorno alla capanna, Bart e Zoe si accorsero che anche le foglie cominciavano a staccarsi dai rami. Prima si arrotolavano su se stesse, poi si raggrinzivano, cambiavano colore da verde a giallo e poi si lasciavano cadere a terra come miseri straccetti senza vita.

«Un altro pezzo che se ne va» constatò angosciato Bart, guardando incredulo in alto.

Anche Zoe aveva il becco in su.

«Temo di sì, annusa un po'... »

«*Snuff snuff.* Non riesco a capire ... »

«Perché non sei cresciuto in un allevamento intensivo. È odore di ammoniaca».

«Ammoniaca?»

«Sì, cacca e pipì sciolti insieme. Ciccio, il pianto delle mie sorelle sta scendendo dal cielo! È così acido che farebbe cadere anche le spine di un cactus gigante».

In quel preciso momento comparve Tien Lu, trafelato.

«Presto, presto! Seguite me, pochissimo tempo ancora».

Era la prima volta che Bart e Zoe lo vedevano in quello stato e subito gli ubbidirono.

Si inerpicarono in fila indiana su per il monte.

Al loro passaggio, la vegetazione si accasciava su se stessa, come se qualcuno le togliesse il respiro.

Dove fino a ieri c'era la foresta, ora c'erano grandi macchie vuote, come quelle sulla testa pelata di un vecchio.

Arrivati davanti alla Grande Sfera di Cristallo, si fermarono.

Per fortuna, lì intorno le foglie erano ancora tutte al loro posto.

«Tu» disse allora il maestro Lu a Bart «conosciuto tuo nemico, ma non affrontato tuoi fantasmi. Prima di Grande Nemico, devi affrontare grandi fantasmi».

A volte Bart faceva davvero fatica a capire i discorsi di Tien Lu.

Non gli aveva ormai dimostrato di essere un allievo devoto?

Di quali fantasmi stava parlando?

In quell'istante, Tien Lu schioccò le dita e la Sfera iniziò lentamente a girare su se stessa, producendo una musica ipnotica.

Sbluuumsbluum sbluumuuuum

"Che strano!" pensò Bart. "Lo schermo al plasma non si accende".

Lu schioccò un'altra volta le dita e, a quel suono, la Sfera iniziò lentamene ad aprirsi, come fosse un'enorme arancia tagliata in due.

Srriiiiiinzzz sriiiinnzz sriiinzz

Dalla fenditura iniziò a soffiare una brezza ghiacciata che, in breve, avvolse le braccia e le gambe di Bart, come se volesse portarlo via.

Tra le due semisfere si intravedeva soltanto una nebbia scura e densa, spessa come panna montata.

Era da lì che usciva quel vento, che si stava facendo sempre più forte.

«Maestro, ma cosa sta ... ?»

Con un gesto elegante, Tien Lu indicò a Bart lo spazio vuoto che si era aperto nel mezzo della sfera.

«Prego».

«Grazie, ma ... »

«Prego» ripeté il maestro. «Prego, tu saltare!»

«Oh, oh!» disse Zoe.

«Io saltare!» protestò Bart. «Saltare là dentro?!?»

Dagli occhi di Tien Lu dardeggiò la luce violenta dei fulmini.

«Maestro ordina, allievo obbedisce!»

«E dai, Ciccio!»

«Ma ... da solo ... ?»

«Ah, io non ho nessun fantasma alle spalle» disse Zoe, scuotendo le ali. «Ma non ti preoccupare, ti aspetto qui. Sono un'amica fedele».

In quell'istante, la brezza ghiacciata si avvinghiò come un'invisibile corda intorno al corpo di Bart, trascinandolo sul bordo della mega sfera.

Lì in bilico, gli tornarono in mente le parole che aveva balbettato la prima volta sul trampolino: «Pre ... preferisco di no», senza peraltro riuscire ad arrivare alla lingua.

Il maestro batté tre volte le mani.

«Bart, saltare!» ordinò con la voce potente come un tuono.

Un violento spostamento d'aria lo fece squilibrare in avanti e, un secondo dopo, Bart precipitò nella voragine.

"Meno male che non ho mangiato" pensò, un attimo prima di venir risucchiato in quel vortice spaventosamente scuro.

Quanto durò il viaggio, Bart non avrebbe saputo dirlo, anche perché fu molto diverso da quello che l'aveva portato nel *Regno Eremita*.

Lì, infatti, era stato come scivolare in un lunghissimo tubo di scarico – buio, voltastomaco e giramenti di testa – mentre qui sembrava di attraversare, vorticando, una vera e propria galleria degli orrori.

Occhi di lupi e di belve feroci saettavano minacciosi al suo passaggio mentre, ogni pochi secondi, doveva sfuggire all'abbraccio di uno scheletro. Qualcuno, a un tratto, gli artigliò una gamba, ma Bart riuscì a divincolarsi con forza, giusto in tempo per vedere brillare accanto a sé i denti aguzzi di un vampiro. Subito dopo, una stoffa volante color porpora tentò di avvolgerlo come un sudario, sorretta da quattro serpenti di corallo che sussurravano *Baciobacioailaviuailaviu* con la stessa voce di Amaranta.

Poi, d'improvviso, iniziò una brusca decelerazione e una debole luce invase il centro del vortice.

Sparirono i volti, scomparvero le voci e Bart si ritrovò impigliato tra i rami di un cespuglio.

Per tutto il tragitto, aveva sperato di atterrare nuovamente nella casa di Mamma Coniglia.

Purtroppo, liberando gli occhi da un paio di ragnatele, dovette constatare che non era così.

Il luogo, però, non gli parve sconosciuto.

Staccandosi dal groviglio di rami, Bart si guardò intorno. Non era precipitato in una landa selvaggia, l'erba era ben tagliata e aiuole curate ornavano il prato.

Aveva tutta l'aria di essere un ... un parco!

Ma certo!

Quello era il parco in cui aveva incontrato per la prima volta Tien Lu!

Il sospetto che aveva sempre avuto ebbe finalmente conferma.

Tien Lu non usciva mai dal parco perché, proprio lì dentro, si trovava l'ingresso per il *Regno Eremita*.

Poteva entrare e uscire da quel cespuglio, senza che nessuno se ne accorgesse.

Se era così, rifletté allora Bart con terrore, nessuno gli aveva spiegato il modo per tornare indietro.

Come e quando, infatti, avrebbe potuto raggiungere di nuovo Zoe nell'ultimo lembo del Regno?

Subito dopo, però, fu preso da una certa irritazione.

Non capiva proprio perché mai il maestro Lu lo avesse spedito laggiù.

Questo pensiero si afflosciò su se stesso come le foglie di banano, non appena sentì una voce alle sue spalle:

«Ma guarda un po' chi si rivede! Pensavamo che ti avessero arrostito in forno, con le patate, e invece ... »

Bart si girò di scatto. Filiberto e i suoi sgherri erano là. Si stavano avvicinando a grandi passi, con aria minacciosa.

Cominciarono a tremargli le gambe.

Perché non aveva portato con sé l'Elisir di Coniglio?

Non ce l'avrebbe mai fatta contro di loro, quindi decise di comportarsi appunto da coniglio, girandosi e scappando a gambe levate.

«Ehi, dove stai andando? Non vuoi assaggiare un po' dei nostri lombrichi? Hai cambiato gusti?» gli urlò dietro Filiberto.

Correndo a perdifiato, Bart non sentiva neppure il suolo sotto i piedi.

Girò a destra, girò a sinistra. Per un millimetro scansò il carretto dei gelati, passò come un fulmine attraverso un gruppo di germani che si crogiolava al sole, fece volare il cappellino dalla testa di un'anziana signora, arrivò al parco giochi e si nascose, appiattendosi tra le assi del castello con scivolo.

"Almeno riuscissi a tornare al cespuglio!" pensò con il cuore che pulsava nelle orecchie, come se volesse esplodere.

Subito dopo, però, si vergognò della sua vigliaccheria.

"Magari Tien Lu mi sta vedendo dalla sfera di cristallo!" e arrossì fino alla cima dei capelli.

Che ne era stato di tutti i suoi insegnamenti?

Se non avesse affrontato Filiberto e i suoi scagnozzi, di sicuro non gli avrebbe permesso di tornare indietro.

Avrebbe deluso tutti, non mostrandosi degno di affrontare l'ultima prova per tentare di salvare il *Regno Eremita*.

Sbirciò tra le assi.

Nell'Area Giochi sembrava regnare una relativa calma.

Bart fece allora come gli aveva insegnato Tien Lu.

Per prima cosa calmò il respiro, poi cominciò a concentrarsi sul volto del suo nemico. Si trattava della tecnica che gli aveva insegnato proprio l'ultimo giorno.

«Tutti avversari hanno coda» gli aveva detto il maestro.

Bart lo aveva guardato incredulo.

«Coda? Una coda? Quella degli animali ... ?»

«No, persone hanno coda. Non si vede, ma c'è. Coda di topo, coda di lucertola, coda di scoiattolo, coda di pavone, coda di corvo».

«Una vera coda?»

«Verissima. Con piume, con peli, con vertebre».

«Ma come è possibile?»

«Con meditazione, tu vedi coda di tutti. Quando hai visto coda, hai già vinto».

«È una tecnica segreta?»

«Niente tecnica. Natura. Tu vedi pavone? Ti trasformi in volpe. Volpe mangia pavone. Tu vedi coda di lucertola? Tu trasformi in gatto. Gatto cattura lucertola».

«Ma tutti, proprio tutti, hanno la coda?»

«Maestri non hanno coda. Maestri hanno solo loro stessi. Per questo impossibile combattere».

Uno scalpiccio violento irruppe tra i giochi.

Filiberto e gli altri erano a pochi metri da lui.

Bart si concentrò come mai si era concentrato in tutta la sua vita. Quando riaprì gli occhi il suo respiro era calmo, il suo corpo rilassato.

Code di ratti, grosse, viscide, pesanti.

Code di ratti.

Ecco che code avevano.

Una tigre, per loro era sprecata, pensò allora Bart, non valeva la pena sporcarsi gli artigli con quegli avanzi di fogna. I veri nemici dei ratti erano i Fox Terrier, lo aveva visto in un documentario. Selezionati appositamente con una mascella lunga come una pinza e potente come una tenaglia, agili, veloci di gambe, praticamente instancabili.

Ecco in cosa si sarebbe trasformato!

«*Gluuugluuugluuu*» ripeteva Filiberto ridendo. «Sappiamo che sei qui, vieni a fare merenda!»

«Eccomi!» gridò Bart balzando fuori all'improvviso e, prima ancora che la banda dei suoi persecutori riuscisse a emettere un solo lazzo, si avventò su di loro come una furia.

In pochi minuti, li mise tutti in fuga.

Tutto ciò che rimase di loro fu un lembo di felpa rimasto incastrato tra i denti del Bart Terrier.

Il ragazzo lo sputò, si scosse come un cane dopo il bagno e tornò a essere il Bart di sempre.

Guardandosi intorno a testa alta, tornò al cespuglio su cui era atterrato.

16. Tien Lu racconta la storia del drago Mistral

Il viaggio di ritorno fu molto diverso da quello di andata.

Lo stesso Bart, quando si trovò nuovamente davanti a Zoe e al maestro Lu, ebbe l'impressione di essere cambiato.

Gli pareva, infatti, di essere diventato più alto, più forte e, quando aprì bocca, anche la sua voce sembrava diversa.

Non era più la voce di uno che obbediva sempre.

Era la voce di uno capace di imporre un comando.

Vedendolo, Zoe batté le ali per la gioia.

Era orgogliosa di lui:

«Se avessi una bocca, invece di un becco, ti schioccherei un bel bacio».

Sull'isola intanto era scesa la notte.

In silenzio raggiunsero la spiaggia.

Con l'aiuto di Zoe, maestro Lu raccolse dei legnetti e accese un fuoco.

L'odore salmastro del mare si era ormai trasformato in una pesante cappa di aria putrida. Le onde che, fino a poco prima, avevano accarezzato la sabbia, erano scomparse. Il loro posto era stato preso da un'acqua stagnante, dai riflessi sinistri.

Tra la spazzatura si intravedevano i corpi senza più vita di decine di stelle marine.

Tien Lu le indicò a Bart, poi indicò il cielo.

«L'alto e il basso, come uno specchio. Stelle morte in mare, anche stelle in cielo pericolo».

Bart alzò la testa.

Era una sera limpida come mai aveva visto dal terrazzo del suo appartamento. Non c'erano neppure le decine di aerei che, di solito, sfrecciavano nella notte, lampeggiando sui grattacieli.

Lassù c'erano le stelle e basta.

Alcune erano molto vicine tra di loro, come fossero dei gruppetti di amici intenti a piacevoli conversazioni; altre invece, amanti della solitudine, se ne stavano lontanissime e isolate, o forse erano soltanto troppo distanti per riuscire a scambiare una parola con le altre.

Anche l'intensità della loro luce era molto diversa.

Ce ne erano alcune che sembravano dei piccoli fiori tremuli accarezzati dal vento, altre invece erano appena un puntino color del ghiaccio sospeso nell'oscurità del cielo notturno.

A un tratto, la volta celeste fu attraversata da una fulminea fiamma che, dal giallo, passò al rosso, e dal rosso al verde, prima di sparire.

Zoe starnazzò.

«Una stella cadente, Ciccio! Una stella cadente!»

«Se stella cade» disse Lu «desiderio si avvera».

«Devi esprimere un desiderio!» incalzò Zoe.

«Veramente non … Non lo sapevo … » disse Bart.

«E allora, concentrati!» incalzò Zoe.

«Tu pensa desiderio, noi chiamare stella. Ma desiderio segreto, solo nel tuo cuore».

«Quando poi si avvera,» proseguì Zoe «puoi aprire il becco, cioè la bocca. Se lo fai prima rovini tutto».

Rimasero così a lungo in silenzio sotto la volta celeste.

Com'era grande e com'era misteriosa!

Ogni stella era in realtà un piccolo sole e, probabilmente, da qualche parte dell'universo, c'era anche un'altra piccola terra.

Magari, proprio in quel momento, un ragazzo di nome Bart aveva gli stessi suoi pensieri, seduto sulla spiaggia di un pianeta al di là della Via Lattea.

"Forse, prima di nascere stiamo tutti lassù, da qualche parte" pensò Bart. "E forse, quando chiudiamo gli occhi per sempre, ci ritroviamo tutti sotto un lembo di questa grande trapunta celeste".

Il prima e il poi.

Bart non si era mai fatto domande su questo.

Come del resto non se le era fatte sul presente.

La vita di un sasso e la sua erano molto differenti.

Anche la vita di un albero e la sua erano diverse.

Una pietra e un albero possono solo aspettare, come aveva fatto lui, prima di Zoe.

Come sarebbe stata la sua vita se non l'avesse incontrata?

E c'entravano qualcosa le stelle, in questo?

Quando Bart ancora ignorava che esistessero gli allevamenti intensivi di polli, Zoe già sapeva che le loro strade si sarebbero incrociate.

Qualcuno tirava i fili di tutto, oppure tutto quel loro muoversi era soltanto dovuto alle circostanze del caso?

Zoe, una volta, gli aveva parlato del destino.

Era quello il destino?

Capire in ogni istante la cosa più importante da fare?

Nel silenzio di quella notte, in cui la maestosa grandiosità del cielo e il tragico degrado della terra stavano uno accanto all'altro, Bart sentì all'improvviso il suo respiro dilatarsi, come se ogni cosa vivesse al suo interno, e il suo interno vivesse in ogni cosa.

La bellezza e la distruzione lo toccavano in egual misura.

Proprio in quell'istante…

Zac!

una luce straordinaria attraversò il cielo.

«*Wow*!» esclamò Zoe. «Hai visto? Eri concentrato oppure… ?»

«Oppure, cosa?»

«Pensavi alla prossima pappata?»

«Possibile che tu non possa mai essere seria? Io non ho sempre gli stessi pensieri tuoi!»

Zoe si girò, offesa.

«Guardate!» esclamò Tien Lu, indicando il cielo. «Stella sempre accesa».

Zoe e Bart seguirono il suo dito.

La stella cadente che era apparsa lassù non si era affatto spenta.

Dopo la fiammata iniziale aveva rallentato la sua corsa e ora si trascinava dietro una coda lunga e sfavillante.

«Ciccio!!! Che fortuna, una cometa!»

«Stella con coda, sì» disse Lu. «Stella con coda indica sempre la strada».

Poi prese un bastoncino e cominciò a tracciare degli ideogrammi sulla sabbia.

Quand'ebbe finito, alzò gli occhi e guardò Bart in silenzio.

La luce delle fiamme proiettava delle ombre sui loro volti, facendole danzare.

«Momento propizio» sussurrò. «Momento propizio per parlare di notte».

«Della notte?» ripeté Bart, che non riusciva a capire

come mai volesse parlare di una cosa che era già in mezzo a loro.

«Di notte, di buio» rispose il maestro. «Di buio che divora cuori, che divora Regno».

Fu così, seduto sulla spiaggia sotto il cielo stellato, che Bart finalmente seppe chi era il Grande Nemico che avrebbe dovuto affrontare.

Tien Lu iniziò così il suo racconto.

Da che mondo era mondo, la terra era abitata da draghi. Abitavano un po' in tutti i paesi, alcuni prediligevano le montagne, altri invece amavano vivere sulle falesie e respirare l'aria salmastra.

C'erano draghi grandi e draghi piccoli; draghi nelle grotte, e draghi in mezzo ai laghi; draghi verdi a pois rosa con lunghe unghie laccate, e draghi più eleganti, beige con la cresta bordeaux; draghi che amavano la musica e la poesia, e draghi più scalmanati, che invece amavano fare surf; draghi che volavano come alianti, e draghi che preferivano frequentare le maratone.

Per appartenere alla famiglia dei draghi erano necessari tre requisiti fondamentali. Primo, avere la cresta sulla schiena, non importa di che colore e quanto grande; secondo, saper fondere un macigno di metallo con un solo soffio e terzo, avere relazioni solo e soltanto con altri draghi. Questi requisiti servivano a smascherare chi drago non era, ma cercava di esserlo.

Era successo, infatti, che delle lucertole, ad esempio, incollandosi una cresta di cartoncino sulla schiena, avessero cercato di spacciarsi per draghi ma, se anche erano state capaci di ingannare la vista, davanti alla prova "fonderia" avevano clamorosamente fallito ed erano finite arrostite dagli stessi esaminatori.

Molti volevano essere draghi perché essere draghi, all'epoca, voleva dire essere praticamente padroni del mondo. Temuti da tutti e riveriti da tutti, facevano solo e soltanto ciò che gli andava di fare.

Se qualcuno disturbava i loro piani, con un colpetto di tosse lo riducevano in un mucchietto di cenere.

I draghi, insomma, avevano in potere tutta la terra.

Proprio per questo esisteva il terzo requisito. Nessuna relazione – se non di incenerimento – con chi drago non era.

Una crepa anche minima, infatti, nel loro sistema di relazioni avrebbe potuto far crollare in poco tempo tutto il loro impero.

È proprio in questo scenario che nacque il piccolo Mistral.

Quando depose l'uovo che l'avrebbe generato, Mamma Draghessa era già piuttosto in là negli anni. Dato che aveva una voce magnifica, aveva trascorso il tempo della sua giovinezza a cantare in giro per il mondo.

Suo marito, infatti, che apparteneva alla schiera dei Draghi con il Papillon, era anche il suo impresario. Tutti i suoi concerti erano stati dei grandi successi, e non poteva essere altrimenti perché, se il pubblico non avesse mostrato di gradire la sua esibizione, alla fine dello spettacolo la draghessa avrebbe spalancato le tende del palcoscenico e incenerito tutti gli astanti.

Ma, si sa, una draghessa non è una vera draghessa se, prima o poi, non depone un uovo. Cosicché verso il 4.536° anno della sua vita, d'accordo con il marito, si decise per il gran passo.

Mistral ruppe il guscio in una splendida mattina del mese di maggio e, fin dai primi istanti, i suoi genitori si accorsero che non era un draghetto come tutti gli altri. La mamma, infatti, era della stirpe dei Draghi Verdi e il papà apparteneva a quella dei Draghi Blu.

Colpito dalla prima luce del sole, Mistral sembrò a tutti color turchese ma, già dopo un'ora, era verde chiaro; nel pomeriggio era diventato terra di Siena e, al calar della notte, color blu di Prussia.

Il giorno dopo, fu chiamato al nido il più grande specialista di draghi nati da 24 ore e, dopo aver esaminato in lungo e in largo il piccolo, stabilì che si trattava di un rarissimo Drago Camaleonte, un drago cioè capace di mutare colore ogni pochi secondi. In un ambiente verde, diventava verde; con il mare sullo sfondo, mutava le squame in azzurro; se voleva star solo, era in grado di sparire in qualsiasi ambiente, mimetizzandosi con lo sfondo.

Per qualche giorno, orgoglio e perplessità si agitarono nel cuore di entrambi i genitori. Erano pronti ad avere un figlio, ma non un figlio camaleonte.

Per abituarsi a quello, avevano bisogno di un po' di tempo.

Per fortuna, Mistral – venne chiamato così perché i suoi cambiamenti di tinta erano veloci come il vento – era un draghetto davvero buono e ubbidiente. Se la mamma lo chiamava, non usava mai il suo dono per nascondersi da qualche parte.

Quando compì sei anni, gli regalarono una vecchia locomotiva di ghisa e il piccolo Mistral, tra gli applausi generali, la fuse in una sola fiammata davanti a tutti i parenti.

Da buon impresario, il papà sognava già per lui un futuro sul palcoscenico. Al momento, infatti, era l'unico Drago Camaleonte presente sulla terra. Così, a sette anni, calcò per la prima volta la scena, ma il debutto si trasformò in una vera e propria catastrofe perché Mistral – nessuno se ne era accorto fino a quel momento – era anche un draghetto incredibilmente timido. Di fronte al pubblico, seppe soltanto diventare rosso come le tende della ribalta, scomparendo all'inizio dello spettacolo. Ci furono altri due o tre tentativi, altrettanto catastrofici, dopodiché i suoi si arresero.

Che senso aveva avere un figlio diverso, se di quella diversità non se ne poteva fare niente?

Così Papà Drago e Mamma Draghessa si misero di impegno e, nel volgere di qualche mese, riuscirono a deporre un altro uovo che si schiuse di lì a poco.

Il draghetto che ne nacque era assolutamente perfetto, verde come la mamma e con il papillon a pois come il papà. Per suggellare quella perfezione, fu chiamato Trionfo.

Tutta la famiglia stava intorno alla culla felice, e Mistral cominciò a sentirsi molto solo. Mentre genitori, parenti e amici saltellavano intorno al neonato, il primogenito prese a passare il suo tempo vagando nella steppa intorno al castello.

A tre anni, Papà Drago e Mamma Draghessa regalarono a Trionfo un'intera metropolitana da fondere, e Mistral capì che per lui ci sarebbe stato sempre meno posto.

Le cose sarebbero andate meglio se fosse appartenuto alla stirpe dei Draghi Volanti, ma purtroppo lui apparteneva a quella dei Draghi Maratoneti. Le sue ali si erano atrofizzate già da alcune migliaia di anni, trasformandosi in due ridicole braccine membranose. Cosicché non gli rimaneva che vagare per la brughiera, trascinando tra i muschi e le eriche la sua pesante coda.

Fu proprio vagando in quelle lande dal cielo perennemente basso che, un giorno di un tardo autunno, Mistral s'imbatté in qualcosa di bianco.

In principio, pensò si trattasse di un uovo o di un sasso non ancora coperto dai licheni ma, avvicinando il muso, si accorse che quel sasso respirava e, oltre a respirare, aveva una testa e due ali, di cui una piuttosto malridotta.

Subito Mistral accese un fuocherello per scaldare quella misteriosa e fragile creatura e, con le sue piccole mani uncinate, si industriò per metterle a posto l'ala.

Confortata da tanta premura, la colomba – perché tale era la bestiola ferita – in breve si riprese e, con voce flebile, disse di chiamarsi Zefira e di essere in realtà un piccione viaggiatore, abbattuto da un corvo durante un volo di missione. Il suo compito infatti, fin da quando aveva memoria, era stato quello di consegnare le poesie che si scambiavano tra loro gli innamorati.

Anche in quel momento, ne aveva una legata alla caviglia.

Mistral allora la srotolò con delicatezza e, dopo aver letto i versi, capì che non avrebbe più potuto vivere senza la poesia.

Il vuoto che, da sempre, sentiva dentro, finalmente era stato riempito.

Da quel momento Mistral e Zefira furono inseparabili. Incapace di riprendere il volo, Zefira si sistemò sulla sua spalla e così vagarono per quelle lande desolate, infervorandosi a parlare di tutto ciò che era bello, buono e commovente.

Per evitare di essere scoperti mentre attraversavano i centri abitati, Mistral si comprò un bel cilindro e se lo mise in testa, in modo che Zefira potesse nascondersi comodamente sotto il feltro.

Travestito in quel modo, Mistral cominciò a frequentare le piazze dei paesi e le corti dei castelli, proclamando versi.

Sperava infatti, con le sue parole, di riuscire ad aprire il cuore dei draghi a una dimensione diversa della vita.

Un giorno però, mentre stava declamando nel mezzo di una piazza in una località di mare, il vento fece volare via il cilindro e così tutti videro Zefira accoccolata tra le sue orecchie squamose.

La rivolta dei presenti fu immediata. Vennero entrambi arrestati e portati nella segreta più profonda del più impenetrabile castello. Mistral aveva infatti trasgredito al terzo requisito dei draghi, il più importante per la stirpe.

Il giorno dell'esecuzione, tutta la sua famiglia era presente nella piazza del castello.

Venne dato proprio a Trionfo il compito di eseguirla.

Mistral aveva le zampe legate da pesanti catene.

Il Drago Gendarme entrò, portando in mano la gabbietta in cui era stata rinchiusa Zefira e, una volta arrivato al centro del piazzale, la aprì, lanciando in aria la colomba. Dopo un solo battito d'ali, una fiammata l'avvolse, riducendola in cenere.

A quel punto, accadde qualcosa che nessuno si sarebbe aspettato.

Dalla gola di Mistral uscì un ruggito così profondo da far tremare le fondamenta del mondo. Il giovane drago si strappò di dosso le catene come fossero di carta e arrostì con una sola fiammata tutti i suoi parenti.

Poi, con un ululato ancora più atroce del primo, si dissolse nell'aria, scomparendo nel paesaggio circostante.

17. Una terribile vendetta

La fine del racconto lasciò Bart e Zoe per un po' ammutoliti.

Poi, asciugandosi discretamente gli occhi con la punta di un'ala, la gallina disse:

«Commovente, vero? Sembra proprio la nostra storia, una grande storia d'amore».

«La nostra non è una storia d'amore!»

«Ah, no?» rispose piccata Zoe. «E allora che cos'è?»

«Be', innanzitutto, io non sono un drago» rispose Bart. «E tu non somigli proprio per niente a una colomba».

«Tu non puoi sapere come mi sento dentro».

Maestro Lu interruppe i loro battibecchi.

«Vero» disse. «Bart non drago. Ma Bart deve affrontare Drago».

Il ragazzo sobbalzò.

«Il Drago?» ripeté spaventato. «Ma il Drago non è ... »

«Cose che non vedi, più forti di cose che vedi».

«Sta forse dicendo che Mistral non è ... »

«Tutta sua stirpe morta, ma lui sempre vivo, sempre nascosto dappertutto. Nessuno vede, nessuno sa. Intanto lui distrugge tutto. Lui, ormai, solo grande fuoco di odio».

Bart pensò che lui, ormai, non si sarebbe fatto bere il cervello tanto facilmente.

«Ma se uno resiste?»

«Se uno resiste lui cattura, aspira con mega cannuccia e poi chiude come pesci in boccia di vetro».

«Allora vuol dire che i miei genitori ... »

«Sì, Bart, anche anima e cervello di tuo vero padre e di tua vera madre in boccia di vetro».

Seguì un lungo silenzio.

Zoe fece poi un grande sospiro. «Magari là ci sono anche i miei genitori. Forse anche le mie sorelle e i miei fratelli, perché noi polli non nasciamo mai soli».

Anche Bart sospirò.

«Ma là, dove?» disse, poi. «Dov'è insomma il là? Se sta dappertutto, com'è possibile riuscire a scovarlo?»

«Lui Drago Camaleonte, ma sempre Drago. Tutti draghi hanno tana».

Bart si stava spazientendo:

«Sì, ma dove?».

Allora Tien Lu socchiuse i suoi lunghi occhi, poi sollevò la mano destra e, con l'indice, mostrò la sommità del vulcano al centro dell'isola.

«Là dentro».

«Nel vulcano?» gridò Bart, balzando in piedi.

«Nel vulcano!» starnazzò Zoe, come se le stessero tirando il collo.

«Tutti vulcani, portano a sua tana. Suo Regno, reticolo di tenebre e di fuoco, sotto tutta terra».

Capitolo 17

Bart tornò a sedersi.

«Be'» disse con tono professionale. «Dato che non sono fatto di amianto e non ho superpoteri, mi sembra che la questione si possa chiudere qui».

«Concorderei ... » incalzò Zoe. «Anche perché il pollo alla diavola non è una delle mie specialità».

Maestro Lu sorrise, mostrando tutti i suoi piccoli denti.

«Per entrare, nessun problema. Tutti vulcani hanno piccolo ingresso protetto, per fornitori».

«Per i fornitori?»

«Drago adora sigari avana e adora whisky. Lui nato in Scozia».

A questa notizia, Bart incassò la testa tra le spalle.

«Andare o non andare» concluse Tien Lu. «Solo tua volontà».

Poi si alzò e, con passo leggero, si avviò in direzione della capanna.

Il fuoco che avevano acceso si era ormai quasi spento, solo alcune braci lampeggiavano ancora sulla sabbia umida.

Tra Bart e Zoe cadde un pesante silenzio.

Nessuno dei due aveva il coraggio di infrangerlo.

Calarsi nella bocca del vulcano per affrontare il Drago, o rimanere al sicuro sulla spiaggia, dipendeva soltanto da Bart.

Tutte le possibili opzioni, con le relative conseguenze, sfilavano davanti ai suoi occhi, come un film mandato avanti al massimo della velocità.

Era meglio lanciarsi verso quel terrificante ignoto, oppure

assistere impotenti alla distruzione di ciò che rimaneva del *Regno Eremita*?

E quando tutto il Regno fosse stato ormai distrutto, che ne sarebbe stato di loro?

Sarebbero stati catturati e chiusi anche loro nella boccia, trascorrendo il resto dei loro giorni muti, aprendo e chiudendo la bocca come pesci rossi?

Oppure il Drago li avrebbe trasformati in un mucchietto di cenere, come quello che cadeva dalla punta dei suoi sigari?

Uno strano rumore alle loro spalle distolse Bart da questi pensieri.

Si alzarono entrambi di scatto e videro, illuminata dalla luce lunare, la sagoma affusolata di un delfino spiaggiato poco lontano.

Bart e Zoe si avvicinarono correndo.

«Le tartarughe sono già morte», sussurrò il cetaceo. «E presto anche tutti noi. Fai presto! Ti prego ... »

Bart entrò in acqua fino alla vita e aiutò il delfino a riprendere il largo.

«Fai presto» ripeté, con un filo di voce, prima di inabissarsi nuovamente tra le acque putride.

18. Bart e Zoe si preparano

Il sole che sorse, il giorno dopo, trovò Tien Lu, Bart e Zoe di nuovo sulla spiaggia.

Non c'era stata alba, infatti, in cui il maestro Lu non avesse salutato il sole danzando la danza della tigre e dell'airone. E Bart, ormai, aveva imparato a fare altrettanto, mentre Zoe approfittava delle prime luci del mattino per razzolare, alla ricerca di prelibati bocconcini nascosti nella sabbia.

Quando Bart ebbe concluso la sua danza, si inchinò davanti al maestro, salutandolo con il pugno chiuso nella mano aperta. Il maestro fece altrettanto.

«Maestro Lu».

«Deciso?» domandò Tien Lu.

Bart abbassò la testa in senso affermativo.

«Sì, scenderò nel vulcano».

Sentendo quelle parole, Zoe quasi si strozzò con un verme.

«Oh, Ciccio! Ero sicura che avessi la stoffa dell'eroe».

«Non allargarti! Ho detto che ci proverò, non che ci riuscirò».

«Comunque diventerai un cavaliere».

«Perché un cavaliere?»

«Perché, da che mondo è mondo, cioè da quando il mondo è tondo, sono i cavalieri a uccidere i draghi».

«Già».

Bart si ricordò un'immagine che aveva visto su Google. Un cavaliere con indosso una pesante armatura che, lancia in resta, galoppava su un focoso cavallo bianco verso uno spaventoso drago.

Si sedette sconsolato.

«Non ho un cavallo bianco, non ho un'armatura, non ho neppure una lancia. E, anche se l'avessi, non ho la minima idea di come brandirla».

«Non vorrei suggerire un uso improprio, ma qualcosa di bianco accanto comunque ce l'hai».

Bart si sentiva confuso.

Con lo sguardo cercò maestro Lu, ma se ne era andato.

Come avrebbe dovuto affrontare il Drago? A mani nude, con un calcio volante?

Per quanto fosse diventato ormai bravino, scalfire le sue squame coriacee gli sembrava un'impresa al di là delle sue forze.

E poi, il Drago era solo, o aveva la sua corte di scagnozzi, come Filiberto?

E ancora, come avrebbe fatto a entrare nel vulcano?

Di sicuro il Drago l'avrebbe smascherato e incenerito, appena si fosse affacciato alla porta dei fornitori.

Aveva così tante cose da chiedere al maestro Lu, e lui non c'era.

Zoe intanto si stava facendo un bagnetto, rotolandosi nella sabbia.

«Ahhh, che delizia! Sai come diceva mia nonna?»

«No».

«*Per le occasioni importanti, è meglio mettersi in ordine.* Sarebbe meglio che ti dessi una pettinata anche tu».

«Beata te che hai voglia di scherzare» sospirò Bart. «Se tu dovessi scendere giù con me ... »

«Non penserai che non ne abbia il coraggio?»

«No, figurati ... »

«Sono una gallina, mica un coniglio!»

«A proposito, dov'è l'Elisir di Coniglio? Vorrei berne qualche sorso, prima».

«Credo sia rimasto nella capanna. Comunque sia chiaro, Ciccio, io resto qui ad aspettarti. Perché quando un eroe vince, è bello che ci sia qualcuno ad accoglierlo e preparare i festeggiamenti. Potrei costruirti un arco con dei palloncini e dei fiocchi di tutti i colori».

«Un arco ... per le frecce?»

«Un arco di trionfo, Ciccio».

Bart si prese la testa tra le mani.

«Probabilmente non ci sarà niente da festeggiare. Io fallirò, il *Regno Eremita* sparirà e la terra sarà per sempre nelle zampe del Drago Succhiacervello».

Zoe si avvicinò a Bart e si strinse forte a lui.

«Dovresti risalire un po' nell'autostima. Nessun eroe ha la certezza di perdere ancora prima di cominciare».

In quell'istante, ricomparve il maestro Lu.

Aveva un lungo bastone in mano.

Senza dire niente cominciò a tracciare un grande cerchio

sulla sabbia intorno a Bart e a Zoe e, in mezzo, scrisse un paio di ideogrammi.

«Maestro, cosa ... ?»

Lu portò l'indice davanti alla bocca.

«Ssst! Io conosco già tue domande. Nel cerchio troviamo risposte. Primo, per entrare, voi cambiare».

Zoe sollevò la testa allarmata.

«Perché voi?»

«Perché cavaliere, sempre scudiero».

«E io sarei ... ?»

«Tu, coraggioso scudiero».

Davanti allo sguardo autorevole del maestro, Zoe non ebbe coraggio di replicare.

«Cambiare, come?» domandò Bart.

«Cambiare per non essere riconosciuti».

Bart era perplesso.

«Tipo costume di carnevale?»

«Tipo, sì».

«Ma chi lo cuce?» domandò Zoe. «Non vedo sartorie nei dintorni».

«Niente sartoria» rispose Tien Lu. «Solo magia. Cerchio intorno, magico. Ideogrammi, formula di magia».

«Ma allora, in che cosa dobbiamo trasformarci?» chiese Bart.

«Drago apre la porta solo a cattivi. Pensate a qualcuno di cattivo e magia trasforma voi».

«Tipo *avatar*?»

«Tipo sì, ma dentro sempre voi. Vostro cuore, vostri pensieri».

"Vostri terrori" pensò Zoe, ma non ebbe il coraggio di dirlo.

Bart si concentrò rapidamente. Doveva trovare un *avatar* davvero tremendo, per non rischiare di venir smascherato. Chiuse gli occhi, e, dopo qualche secondo, li aprì, esclamando: «Ci sono!».

«Tu pensa *avatar* anche per scudiero».

«Cosa?» insorse Zoe. «Niente libera scelta? Niente democrazia?»

Tien Lu la fulminò.

«Scudiero tace, scudiero obbedisce».

Bart chiuse nuovamente gli occhi.

Doveva pensare a un altro animale terrificante.

Sì, aveva trovato.

«Sono pronto. Siamo pronti» disse, aprendo gli occhi.

Allora, maestro Lu si avvicinò, mise la mano nella tasca del suo vestito blu e tirò fuori un sacchettino di seta color rosso, chiuso con un laccetto d'oro.

«Questo» disse «talismano. Talismano per voi».

E lo consegnò a Zoe.

«Scudiero custodisce talismano».

«Posso aprire?» domandò Zoe, eccitata.

«Niente aprire!»

«No, è che mi sembrava di sentire un buon profumino ... »

Bart perse la pazienza.

«Non è possibile! Vorresti mangiare anche il talismano!»

«Ma no, scherzavo! Dicevo così per dire, volevo solo capire cos'era. Se era un bel ciondolo, oppure una moneta d'oro».

«Talismano non si può vedere. Se apri, finisce ogni potere».

Detto questo, maestro Lu si sedette con le gambe incrociate e restò un po' in meditazione.

Quando riaprì gli occhi e si alzò, a Bart e a Zoe sembrò che dal suo corpo emanasse una luce chiarissima.

In silenzio, il maestro posò le sue mani sulla testa di Bart e di Zoe.

Dapprima, sentirono un gelo sottile scendere dalla sommità del capo, che si trasformò poi, una volta arrivato ai piedi, in un fuoco incandescente.

Quel fuoco senza fiamme li sollevò da terra facendoli roteare dodici volte da una parte e dodici dall'altra.

Alla fine del dodicesimo giro, li posò nuovamente a terra con delicatezza.

«Ecco!» disse soddisfatto il maestro, togliendo le mani dalla loro teste. «*Avatar* desiderati, *avatar* riusciti».

Bart abbassò lo sguardo sul suo corpo.

In quei pochi minuti si era coperto di una fitta pelliccia nera, mentre i suoi piedi e le sue gambe si erano trasformati in zampe dotate di spaventosi artigli.

«Ehi! Sono diventato davvero un diavolo della Tasmania!»

«Tu desiderato, io fatto».

Zoe intanto stava osservando perplessa le sue ali.

«Ma io allora, in che cosa ... ? Cos'è questo schifo?»

«Tu, pipistrello vampiro».

Zoe urlò così forte che si sollevò da terra.

«*Ahhhggg*! Ma come ti è venuto in mente?»

Maestro Lu cercò di calmarla.

«Bart pensato pipistrello vampiro, e io fatto pipistrello vampiro».

Zoe contemplava desolata le sue nuove ali membranose.

«Le mie belle piume bianche» mormorava, pigolando come un pulcino.

«Invece di lamentarti,» disse Bart con la sua voce ormai profonda e feroce da diavolo della Tasmania «dovresti ringraziarmi. Da uccello a mammifero, ti ho fatto fare un bel salto evolutivo».

«Proprio bella coppia» commentò Tien Lu soddisfatto, osservando il frutto del suo lavoro.

«Tocco finale» aggiunse poi.

Estrasse dalla sua tasca misteriosa una scatola di sigari e la diede a Zoe, seguita da una cassa di whisky, che consegnò invece a Bart.

«Ecco! Ora veri fornitori!»

19. Diablo e Vampy nel Regno delle Tenebre

Bart e Zoe si inerpicarono sulle pendici del vulcano, con la merce in spalla.

«Sai cosa mi preoccupa, Ciccio?» disse Zoe, già con il fiatone.

«*Roaaar*» ormai Bart parlava così. «Che cosa, *grrr*?»

«Maestro Lu è piuttosto anziano e si sa che agli anziani va via la memoria ... »

«*Grrr,* allora?»

«Non è che, a fine missione, si sarà dimenticato la formula per farci tornare quelli che eravamo?»

«*Roaaar,* io piuttosto, mi domando *se* mai torneremo. Adesso, comunque, chiudi il becco che siamo quasi sulla vetta. Non vorrei che ci fossero delle telecamere, e che ci giocassimo così la salvezza del Regno».

«Va bene, va bene. Comunque, ecco, non so cosa fare con tutti questi denti, non li ho mai avuti prima».

«Mettili nel primo collo che trovi, così finalmente starai zitta!»

Erano ormai arrivati sul bordo del cratere.

La bocca di magma incandescente ribolliva con sbuffi

spaventosi. Sembrava davvero impossibile riuscire a calarsi là dentro senza venir fusi in meno di un nanosecondo.

Eppure le istruzioni di Tien Lu erano chiare.

A 160° rispetto all'arrivo del sentiero avrebbero visto quattro cespugli di ginestra. Proprio lì in mezzo era nascosta la porticina per i fornitori. Non c'erano campanelli, la parola d'ordine era una sola: "Avana e whisky" gridato per tre volte.

Vedendo i cespugli, Bart sentì un certo tremolio nelle zampe.

Avrebbe voluto avere uno specchio, per poter controllare che tutto fosse a posto. Magari, in qualche punto, come in un logoro costume di carnevale, la pelliccia poteva aver ceduto, rivelando così la vera natura del sedicente fornitore.

«Come mi trovi?» sussurrò Bart a Zoe, con la sua nuova voce cavernosa.

«Spaventoso, Diablo!»

Bart ridacchiò dentro la pelliccia.

«Anche tu, Vampy, non sei niente male».

«Non ti ci abituare, però».

Percorsero la strada che li separava dall'entrata in composto silenzio. Poi, una volta infilatisi tra i quattro cespugli, Diablo gridò:

«Avana e whisky! Avana e whisky! Avana e whisky!».

Dopo qualche secondo, si sentì un sibilo sottile e, tra le frasche, si accese un videocitofono.

Ancor prima che una voce impersonale chiedesse: «Desidera?», Diablo si avventò ringhiando e schiumando contro il video.

«*Grrroarrr!* Aprite! Sono Diablo, porto una cassa di whisky di Tasmania!»

«E dei sigari di Vampiria!» aggiunse Vampy, sbattacchiando le ali membranose.

A quelle parole, il suolo cominciò a tremare sotto le loro zampe e, all'improvviso, apparve una piattaforma mobile, mimetizzata tra l'erba.

Vi salirono sopra e iniziarono così il loro viaggio all'interno del vulcano, protetti, durante tutto il tragitto, da un tunnel trasparente che li metteva al riparo dalle temperature micidiali del magma ribollente.

Ciò non impedì a Bart e Zoe di sudare copiosamente sotto le rispettive pellicce di Diablo e Vampy, appena toccarono la superficie di fuoco liquido.

La discesa in quel mare incandescente durò parecchi minuti, costringendoli spesso a chiudere gli occhi per via dello spaventoso riverbero; quando poi la situazione stava diventando davvero insopportabile, rapidamente il calore diminuì e quella sorta di gelatina rosso arancio in continuo movimento si fece meno spessa.

Attraversarono ancora diversi strati di fuoco, di aria, di terra, prima di imbattersi in un groviglio spaventoso di cavi elettrici, sorretto da pesanti putrelle.

Finalmente, sotto i loro piedi, si spalancò l'enorme volta di una cupola, sotto la quale brulicava una folla che correva veloce da una parte all'altra, come se stesse eseguendo degli ordini.

Le pareti interne della volta erano totalmente coperte da monitor di ogni grandezza e forma.

Con un soffice rumore di martelletti pneumatici, il montacarichi rallentò fino a fermarsi, le porte automatiche si aprirono e, davanti a loro, comparve un enorme ratto.

«*Sgroaaarrr*» ruggì ferocemente Bart/Diablo, fendendo l'aria con le zampe, per rendere subito manifesta la sua ferocia.

Per non essere da meno, Vampy si passò la lingua sui denti, grugnendo: «A dire il vero, ho una gran sete».

Il Ratto Guardiano indietreggiò, cautamente, poi, raggiunta una distanza di sicurezza, estrasse un pacchetto di fogli e una penna dalla borsa che aveva a tracolla e li tese a Diablo e a Vampy, dicendo loro, con voce stridula:

«Compilate tutto in tre copie. Chi siete, da dove venite e la ragione della vostra visita. E poi, naturalmente,» aggiunse estraendo un altro foglio «riempite questi moduli per la *privacy*».

Diablo e Vampy obbedirono.

Consegnati i documenti, il ratto li invitò a seguirlo.

Camminarono per un po', schivando una folla di ratti frenetici, quando, all'improvviso, si trovarono davanti un nuovo sbarramento.

«Alt! Non potete passare» intimò severo un altro ratto con i baffi arricciati all'insù, dopo aver esaminato le loro carte. «Mancano due firme!»

Risolto l'intoppo burocratico, il Ratto Doganiere li invitò a entrare in uno stanzino separato.

Là dentro, una macchina a raggi X esaminò loro e i pacchi che portavano, mentre il Doganiere li sottoponeva a un vero e proprio interrogatorio, cercando di farli cadere in contraddizione.

Alla fine, spazientito, Diablo decise che era venuto il momento di mostrare la sua vera tempra e, con un calcio potente, ribaltò tavolo e sedie, afferrando il ratto per la cravatta e sbattendolo contro il muro.

«Adesso basta! La nostra pazienza è finita!» ruggì, schiumando rabbia dai denti. «Ora portaci dal tuo capo!»

«Sì, finita! È proprio finita!» gli fece eco Vampy, battendo le ali.

Il Ratto Doganiere sollevò subito il telefono e bisbigliò al ricevitore.

«Visita diplomatica. Diavolo della Tasmania e Pipistrello Vampiro. Con graditi doni».

Poi, con voce melliflua, invitò gentilmente gli ospiti a sedersi in una confortevole sala d'attesa.

«La macchina per gli ambasciatori sarà qui tra breve. Vi prego gentilmente di aspettare».

Detto questo, sparì nella sua stanza.

I minuti passavano e non si vedeva ancora nessuno.

Diablo stava per perdere di nuovo la pazienza, quando finalmente, alle loro spalle, si aprì una porta elettrica e comparve un enorme scarabeo, in divisa da autista, che subito si inchinò davanti a loro togliendosi il cappello.

«Vostre Eccellenze, benevenute nel Regno delle Tenebre!»

Lo scarabeo indicò poi un tappeto rosso che li avrebbe condotti fino all'auto diplomatica.

Più che una vettura, a dire il vero, sembrava una carrozza.

Un grande teschio imbottito di sedili di velluto color porpora, infatti, costituiva la parte centrale – quella su cui vennero fatti salire Diablo e Vampy – mentre lo Scarabeo Cocchiere, su un predellino incastrato nel naso dello scheletro, governava, attraverso un sistema di fili elettrificati, un centinaio di blatte che facevano funzione di cavallo.

«Confortevole» commentò Vampy, saltando sulle molle dei sedili. «E anche ecologica, direi. Niente scappamento, né materiali riciclati».

Diablo non la sentì neppure, concentrato com'era nell'osservare tutto ciò che accadeva fuori dal finestrino. La carrozza aveva ormai abbandonato le strade più affollate, e si stava dirigendo verso una via stretta e in forte pendenza, che si avviluppava come una spira su se stessa.

"Sembra di essere nell'intestino di un serpente" pensò Bart e subito un tremito scosse la sua folta pelliccia.

Sarebbero mai stati in grado di uscire da lì?

Come giustamente aveva fatto notare Zoe, Maestro Lu aveva dato loro le istruzioni per entrare, senza fare cenno, però, a quelle per riuscire a compiere il percorso inverso.

Qualunque cosa fosse successa erano in trappola.

E poi, cosa mai avrebbe dovuto accadere?

Tutto preso com'era stato dall'organizzazione pratica del viaggio, Bart si era dimenticato di approfondire la questione principale.

Come avrebbe potuto sconfiggere il Drago?

Non aveva un cavallo, non aveva una lancia, neppure una minima pozione di veleno da poter far cadere con abilità nella sua coppa. Quanto al talismano affidato a Zoe, non sapeva come utilizzarlo. Il maestro non gli aveva detto niente al riguardo.

A che cosa sarebbe dovuto servire?

E qual era la via per poter usufruire dei suoi benefici?

In cupo silenzio si girò a guardare Zoe/Vampy. Non sembrava per niente preoccupata. Continuava a fissare il paesaggio fuori dal finestrino, come si trattasse di una gita aziendale. Di tanto in tanto, con l'unghia del patagio, gli indicava qualcosa che la colpiva.

Nel frattempo, la stretta strada a spirale aveva condotto la loro autovettura al centro di un'immensa sala, rischiarata da tubi al neon spessi come baobab.

Ai Ratti, che formavano la gran maggioranza dei presenti, si era aggiunta anche una folla di Umanoidi, vale a dire esseri dall'apparenza umana in attesa di una stella del rock.

«Guarda, Diablo! Ci sono anche gli Zombie!»

Diablo appoggiò distrattamente il naso sul vetro del finestrino.

«Bene, bene, anche gli Zombie» tuonò con voce apparentemente compiaciuta.

«Da queste parti le visite sono piuttosto rare» spiegò lo Scarabeo Cocchiero, voltandosi verso di loro. «Per questo sono tutti impazienti e frenetici di scoprire chi sta arrivando».

Ne ebbero la conferma non appena la vettura diplomatica si fermò.

Diablo e Vampy non erano ancora usciti che vennero subito circondati da una ressa in delirio, mentre i flash di un paio di Zombie Fotografi li bombardavano, abbagliandoli.

«Autografo! Autografo!» gridavano in coro gli Umanoidi, tendendo verso di loro una marea di bigliettini di carta.

Vampy ne afferrò qualcuno e scarabocchiò sopra una specie di firma.

«Non è male» osservò gongolando «avere il proprio quarto d'ora di celebrità».

Diablo invece afferrò furioso le penne e i foglietti, li strappò ruggendo, gettandoli in faccia agli zombie.

La folla venne dispersa da un servizio d'ordine di Ratti Poliziotti, i quali scortarono i visitatori davanti a due enormi tende di velluto, talmente consunte da rendere impossibile stabilirne il colore originale. In più punti, fitte ragnatele ospitavano alcune vedove nere immerse nel sonnellino postprandiale. In alto, tra quella che doveva essere stata una passamaneria dorata, svolazzavano dei pipistrelli.

Ai tre fischi della Guardia d'Onore, i pipistrelli si precipitarono ad afferrare i lembi delle tende e, con insospettabile leggerezza, le fecero scorrere sui loro passanti.

Dietro la pesante cortina, apparve allora un cancello intrecciato interamente di ossa, i cui cardini erano costituiti da rotule di elefanti.

Due Topi di Fogna, in livrea di gala, con gran cigolio di vertebre e di costole, lo spinsero fino a farlo aprire.

20. Al cospetto del Drago

La differenza di luminosità – tanto la sala precedente era illuminata dalla luce violenta dei neon, quanto questa era in penombra – rese Diablo e Vampy per qualche istante ciechi.

Appena le pupille si furono adattate, videro stagliarsi sullo sfondo quella che sembrò loro un'enorme e spaventosa massa gelatinosa che respirava a fatica, scossa a tratti da violenti colpi di tosse che, propagandosi dal pavimento al soffitto, facevano tremare tutti i presenti. Rispetto al corpo, la testa di quell'enorme montagna di carne sembrava minuscola.

Che avesse un'età più che veneranda lo si poteva facilmente capire dalle squame che avevano ormai perso gran parte della giovanile lucentezza.

Anzi, qua e là era persino possibile notare delle zone glabre piuttosto estese, ormai ricoperte di polvere e ragnatele, dato che da tempo il suo proprietario non riusciva più a raggiungerle per grattarsi.

La Sala del Trono si rivelò essere straordinariamente profonda, tanto che, per un bel pezzo del percorso, Diablo e Vampy poterono vedere il Drago senza essere visti da lui.

Avvicinandosi, notarono che il trono su cui sedeva era alto quanto una casa di tre piani e aveva la curiosa forma di un gabinetto. La tavoletta, sollevata a mo' di schienale, era interamente intarsiata di rubini, diamanti e smeraldi.

Ai lati del trono, due stratosferici rotoli di carta igienica continuavano a srotolarsi da soli. Guardandoli bene, si accorsero che non erano fatti della solita carta a fiorellini, ma di un susseguirsi infinito di banconote.

Da un monitor lì accanto, uno Scarafaggio Gigante, con una bombetta in testa, leggeva con voce nasale senza mai interrompersi gli andamenti della Borsa in tutto il mondo.

Il Drago non sembrava particolarmente interessato a quelle cifre, così come non sembrava dare molta attenzione al mirabolante balletto che un centinaio di scheletri stavano eseguendo sotto i suoi occhi.

Soltanto quando furono davvero in prossimità del trono, i due Lacchè che li stavano scortando batterono tre volte a terra con violenza i femori di elefanti ornati da campanellini che avevano in mano, gridando:

«Sire, ospiti dalla Tasmania!».

Tutti i presenti nella sala voltarono la testa nella loro direzione, mentre Diablo e Vampy fecero un profondo inchino, piegandosi fino a toccare con la fronte il pavimento.

«Vostra Infinita Maestà» disse Diablo, senza dimenticarsi di ringhiare tra una parola e l'altra. «Siamo giunti dalle terre più lontane e desolate del mondo per consegnarvi un personale omaggio, a testimonianza della grande ammirazione

Capitolo 20

che il nostro popolo – quello dei Diavoli della Tasmania e dei Pipistrelli Vampiri – nutre nei vostri confronti e dell'opera che state compiendo».

Le sue parole caddero in un assoluto silenzio.

Il gigantesco Drago si grattò pigramente la gola e poi, con un cenno, invitò il suo Ciambellano – uno zombie che indossava una divisa da inserviente di circo e una parrucca fucsia in testa – ad avvicinarsi a lui.

Confabularono per un paio di minuti, poi il Ciambellano tornò a sedersi sul suo scranno.

Diablo sentiva il sudore freddo percorrergli l'intera pelliccia.

All'improvviso, uno spaventoso colpo di tosse catarrosa squarciò l'aria per spegnersi in un rantolo squassato a tratti da singulti.

Appena la violenta tempesta bronchiale fu placata, il Drago si sollevò a fatica, puntellandosi su un gomito.

«Diavoli e vampiri!» tuonò poi. «Che visita deliziosa! È da qualche secolo che non mi concedo uno svago del genere. Venite, venite pure avanti, cari amici».

Diablo e Vampy avanzarono verso il trono, tentando di dimostrare a ogni passo la loro vera natura.

Bart/diavolo della Tasmania prendeva a calci e a unghiate tutti gli zombie che gli capitavano a tiro, mentre Zoe/pipistrello vampiro spalancava la bocca, minacciando di ficcare i suoi denti aguzzi nelle giugulari di qualche umanoide.

Arrivati ai piedi della scalinata che portava al trono, i due ospiti si fermarono, sprofondandosi in un secondo inchino.

«Vostra Sublime Perfidia, Vostra Irragiungibile Distruttività, i popoli di cui siamo i rappresentanti porgono ai vostri piedi i loro devoti omaggi».

Soltanto quando il Ciambellano proclamò: «Sigari e whisky, Maestà», il Drago fece un cenno del capo, invitandoli a salire.

Un Inserviente di Corte prese un sigaro dalla scatola, lo annusò lungamente, gli tagliò la punta con un morso, poi, dopo averlo deposto solennemente su un vassoio d'argento, lo offrì al suo Sovrano.

Il Drago se lo passò da una mano all'altra, sospirando.

«Lo so, so che dovrei smettere. Il fumo nuoce alla salute, tuttavia ... »

Svampp!

Dalle sue fauci uscì una discreta fiammata che accese il sigaro.

«Tuttavia è un tale piacere ... » proseguì, soffiando il fumo dalle narici.

«Tutto ciò che fa male, ci fa gioire» ringhiò Diablo, ai piedi del trono.

Il Drago scoppiò in una fragorosa risata.

«È bello scoprire di avere un mondo di sentimenti comuni».

«Il veleno sarà il sangue che nutrirà la nostra amicizia, Sire» aggiunse allora Vampy, sbattendo le sue ali membranose.

Incoraggiato dai suoi ospiti, il Drago si fece dare una bottiglia di whisky della cassa e se la versò in gola come fosse un succo di frutta. Poi, dopo essersi asciugato la bocca con il dorso della zampa, si guardò intorno sospettoso.

«Non è che, per caso, non siete quello che sembrate? Sono secoli che nessuno viene a trovarmi per il semplice piacere di farlo».

Le gambe di Diablo/Bart cominciarono a tremare sotto la pelliccia, ma cercò di farsi forza, ringhiando con più convinzione possibile.

«Siamo diavoli, siamo vampiri. Viviamo nelle tenebre, seminando terrore. Che cos'altro mai potremmo essere?»

Il Drago tossì rumorosamente. Il fumo gli era andato di traverso.

«Dei giornalisti, ad esempio. Giornalisti ambiziosi, in cerca di uno *scoop*».

«Sire, guardateci! Noi siamo altro che creature delle tenebre, non conosciamo altro scopo se non quello di seminare il male».

«Comunque,» proseguì Vampy, cercando di alleggerire l'atmosfera «se ci fossero davvero dei giornalisti, da queste parti, sarebbe bello sapere il loro gruppo sanguigno. Il mio preferito è l'AB, il più raro!».

«D'accordo, vi credo!» tuonò il Drago, spegnendo la cicca del sigaro sulla testa di uno zombie. «Posso allora considerarvi miei amici?»

Diablo e Vampy si inchinarono per la terza volta.

«Con tutto il nostro umile rispetto, Vostra Bassezza Reale, *dovete* considerarci amici!»

«Le vostre gioie saranno le nostre gioie» concluse Vampy, senza sollevare la testa dal pavimento.

A quel punto, il Drago convocò nuovamente a sé il Ciambellano e confabularono per un po' in un angolo. Poi, dopo averlo congedato, il Sovrano si rialzò, battendo forte le zampe.

«Se abbiamo con noi dei veri amici, allora bisogna far festa! Prego ... »

Con un gesto elegante, il Drago invitò Diablo e Vampy a salire accanto a lui sul palco, facendoli accomodare su due piccoli troni di argento anch'essi a forma di gabinetto. Poi battendo nuovamente le zampe, tuonò.

«Il balletto! Presto!»

Un'ottantina di scheletri di ogni dimensione irruppero allora nella sala, danzando graziosamente sui metatarsi, le ulne e i radio sospesi sopra il cranio. Con incredibile leggerezza composero varie figure – di stelle, di fiori – aprendosi e richiudendosi al ritmo della musica.

«Veramente delizioso questo clangore di ossa» commentò Diablo ad alta voce, per farsi sentire dal Drago.

«A dire il vero,» proseguì Vampy «avrei preferito un po' di turgide arterie ... ».

In quel preciso momento, i ballerini – che si erano raccolti tutti al centro – esplosero in un grande cerchio, alzando e abbassando alternativamente le braccia, come se stessero tirando la catenella di uno sciacquone, cantando in coro con voce gracchiante:

Questo è il fine del processo,
trasformare tutto in un cesso!

Drago applaudì compiaciuto.

«Il nostro inno!» spiegò orgoglioso ai suoi ospiti.

«Magnifico!» commentò Diablo, spellandosi le zampe per gli applausi.

«Suuuuublime!» aggiunse Vampy, sbattendo furiosamente le ali.

Al termine della danza, uno dopo l'altro, gli scheletri si inchinarono davanti al Sovrano e ai suoi e, leggeri come erano apparsi, sparirono in fila indiana dietro le tende del palco.

«Questa era appena l'*ouverture*» osservò il Drago. «Il vero spettacolo viene adesso».

Un servitore gli porse allora un megatelecomando in oro tempestato di diamanti e, nella grande sala, scese il buio. Un gigantesco schermo al plasma si accese davanti a loro, circondato da centinaia e centinaia di monitor più piccoli.

Non si può descrivere l'orrore di tutto quello che Bart e Zoe furono costretti a vedere.

Senza soluzione di continuità, si avvicendarono immagini delle cose più spaventose che accadono nel mondo.

Guerre, povertà, fame, malattie, deforestazioni, veleni nell'acqua e nell'aria, distruzione della natura, agonie di migliaia di animali, ma anche persone che non erano povere e non avevano fame che, ugualmente, vivevano odiandosi e distruggendosi a vicenda.

Passarono poi filmati sugli allevamenti intensivi di mucche, di maiali e di galline. Creature innocenti trattate come cadaveri viventi che, stipate nei camion, compivano il loro ultimo viaggio della loro disperata vita.

Quando, sul megaschermo, apparve un Tir carico di galline, Zoe non riuscì a tenere gli occhi aperti e deglutì piuttosto rumorosamente.

«Magnifico!» gridò allora Diablo per coprire l'imbarazzante rumore della sua amica. «Davvero magnifico!»

Il Drago sorrise compiaciuto.

«Ma il meglio deve ancora venire. Ti sei mai chiesto come io abbia potuto ottenere tutto ciò?»

«Effettivamente, è un'opera talmente grandiosa, che ... che lascia senza parole».

«Già, caro Diablo. E un'opera grandiosa, richiede un talento eccezionale. E un talento eccezionale richiede un'organizzazione superlativa e perfetta».

Con le sue dita squamose, il Sovrano delle Tenebre manovrò abilmente il telecomando.

«Monitoriamo costantemente quello che succede nel mondo e, appena vediamo qualcosa che non va in qualche parte della terra, subito si accende un *led* turchese».

D'improvviso, su un monitor in alto a destra si illuminò appunto un *led* turchese.

Bip bip bip
Bibibip

«Eccolo!» esclamò il Drago, soddisfatto. «Guardiamo insieme ... »

Sullo schermo apparve l'immagine di una maestra che stava accompagnando i suoi alunni nel giardino di una scuola. Avevano tutti in mano delle zappette e delle buste di semi, e l'insegnante stava spiegando loro come dovessero fare per piantare i fiori per godere, di lì a qualche mese, dei loro magnifici colori.

Sggranzcoughcough

Il Drago emise un ruggito catarroso che rimbalzò nei bronchi.

«Niente di più pericoloso!» tuonò. «L'amore per la bellezza va stroncato senza esitare un istante. Questo virus è davvero testardo. Malgrado il lavoro capillare e certosino che compiamo, continua a emergere in ogni parte del mondo».

«E come si può fare, allora?» domandò Diablo, impressionato.

«Stai a vedere!»

Il Drago armeggiò un po' con il telecomando, ripetendo delle parole misteriose, poi disse:

«Per prima cosa, mandiamo un bel virus del morbillo a tutta la classe».

Subito si videro, sul monitor, i bambini mettersi a letto, uno dopo l'altro, coperti di puntini rossi.

«Quando poi saranno guariti, per fortuna anche il tempo della semina sarà passato. Che mettano pure i loro semi, tanto marciranno tutti sotto terra. *Yark yark!*» rise sguaiatamente. «Se poi la maestra volesse ancora insistere con il suo programma, insomma, se proprio volesse resistere ... » il Drago si interruppe, emettendo un sibilo e arrotondando le labbra squamose, come se desiderasse succhiare qualcosa, «si mettono in azione le cannucce».

«Cannucce?» ripeté Diablo con stupore, come se non avesse mai sentito quella parola.

«*Et voilà*!» rispose il Drago con gesto teatrale, digitando qualcosa sulla tastiera.

Di colpo, gli schermi delle centinaia di monitor che tappezzavano le pareti della sala si riempirono di immagini provenienti da tutte le parti della terra.

Se pure ogni scena fosse diversa dall'altra, c'era qualcosa che le accomunava tutte. In ogni visore, infatti, si vedevano persone concentrate sullo schermo di un computer, di uno smartphone o di un tablet.

Poi, subito dopo, grazie a un misterioso e invisibile colpo di frusta,

Snapp!

qualcosa nel loro sguardo cambiava e i loro occhi diventavano bianchi e opachi come quelli dei cani vecchi.

«Vuoi dire che riuscite a ... » chiese Diablo.

«Già» gongolò il Drago, soddisfatto. «Proprio così, rubiamo le loro povere animucce».

«Davvero grandioso! Grandioso e geniale. E poi?»

«Poi le sostituiamo con i nostri programmi».

«E cosa ne fate delle anime?» incalzò Vampy, curiosa. «Magari un frullato?»

«Volete proprio saperlo?»

«Certo!» risposero in coro Vampy e Diablo. «Non vogliamo perderci neppure un sorso di perfidia».

«Allora dobbiamo cambiare canale».

I monitor si oscurarono di colpo e, per un tempo abbastanza lungo, le uniche immagini trasmesse furono delle sequenze irregolari di linee.

Bzzzzbzzzz

«Scusate l'inconveniente» disse il Drago. «Ma laggiù c'è un problema tecnico che, purtroppo, i miei esperti non sono ancora riusciti a risolvere. Troppa differenza di pressione probabilmente».

«Laggiù dove?» domandò Diablo.

«Dove le ho sepolte, nelle viscere della terra».

Lentamente gli schermi si rischiararono, e quello che apparve fece sobbalzare gli ospiti del Drago.

Maestro Lu aveva ragione!

C'era una sala enorme, in quel posto misterioso, e quella sala era piena di bocce, come quelle che si usano per i pesci rossi ma, invece dei pesci, al loro interno fluttuavano le anime prigioniere.

Pur nella loro fumosa incorporeità, su ognuna di loro era ben visibile l'espressione che doveva aver avuto quando viveva in simbiosi con il corpo. Alcune di loro dormivano sospese nell'aria, rassegnate alla loro infinita tristezza; altre, invece, erano sveglie e battevano con forza sul vetro, sperando di richiamare l'attenzione di qualcuno.

«All'inizio» raccontò il Drago «a dire il vero ero un collezionista un po' confusionario. Le stipavo a caso, senza nessun criterio; quando poi me ne serviva una, non riuscivo mai a trovarla. Così ho cominciato a dividerle per continente, e poi anche per nazione».

Con un raggio laser, illuminò una boccia a caso. Dietro la ressa delle anime, si intravedevano dei graziosi ponticelli di legno affacciati su limpidi laghetti, nei quali si riflettevano case fatte di legno e di carta di riso.

«Ecco il Giappone, ad esempio. E, più a destra, potete ammirare le bocce dell'Unione Europea».

Diablo buttò un occhio fintamente distratto su quella del suo paese. C'era una tale ressa di anime, là dentro... Ma ciò non gli impedì di sentire il cuore sobbalzare, quando vide il viso dolce di una donna che gli sembrava molto familiare. Muoveva la bocca disperatamente come se volesse comunicargli qualcosa. Ma proprio in quel momento,

Zac!

tutti i monitor si oscurano di colpo.

Il Drago si era stancato di quello spettacolo.

«Non è venuto anche a voi un certo appetito?»

«Oh, certo», risposero in coro Vampy e Diablo, con un leggero tremito nella voce.

«E io non sarò un anfitrione così maleducato da lasciarvi a stomaco vuoto!»

Dicendo questo, il Sovrano delle Tenebre batté con forza la coda sul pavimento,

Tonf Tonf

e, dalle porte spalancate delle cucine in fondo alla sala, entrarono in fila ordinata una di serie di Zombie Valletti, ognuno con un elegante portavivande d'argento in mano.

Deposero i vassoi ai piedi del loro padrone e degli ospiti, poi si ritirarono, indietreggiando, fino a scomparire nuovamente nelle cucine.

«Prego, miei cari ospiti» disse il Drago, sorridendo un po' troppo amabilmente. «Non fate complimenti».

Diablo e Vampy risposero educatamente al sorriso, legandosi il tovagliolo intorno al collo.

La prima a sollevare il coperchio fu Vampy e dovette dar fondo a tutte le sue risorse per non svenire seduta stante.

Davanti a lei c'era un'elegante coppa piena fino all'orlo di sangue fresco, che ondeggiava con odore nauseabondo sotto il suo naso. Magari era anche sangue di galli …

Vampy non riuscì a trattenere un colpo di tosse.

«Non è forse di vostro gradimento?» chiese il Drago, premuroso. «Eppure è il menu che serviamo regolarmente ai vampiri. Sulla freschezza del sangue avete tutte le nostre garanzie».

«Oh, non ho dubbi sulle vostre cucine» si sforzò di sorridere Vampy. «È che … ho la sensazione che qui dentro ci sia del sangue RH negativo, e io, dovete sapere, sono allergica proprio al RH, ecco».

«Che peccato!» disse il Drago, dispiaciuto. «Anche voi, mister Diablo, non avete appetito?»

Anche per Diablo le cose non si mettevano bene. Aveva appena sollevato il coprivivande e se ne stava incerto davanti a tre giovani conigli e due pulcini che, con le zampe legate, lo fissavano tremanti in attesa di venir divorati vivi.

«*Groooarrr!*» ruggì forte Diablo per nascondere l'imbarazzo. «Credo che il lungo viaggio abbia messo un po' a soqquadro il mio stomaco. Niente di grave, *sgrrr,* ma penso un po' di digiuno non potrebbe che giovarmi».

Il Drago, che aveva già afferrato un tacchino vivo dal suo vassoio e stava per infilarselo in bocca, lo depose, sospirando.

«Be' allora, vorrà dire che digiunerò anch'io. Perché, come si dice, chi mangia solo crepa solo».

Il Sovrano delle Tenebre batté la coda e subito tornarono i valletti, per sparire dopo pochi secondi con i resti del mancato pranzo. Prese poi la scatola dei sigari, la offrì ai suoi ospiti, che gentilmente rifiutarono, e, accendendone uno, si appartò in un angolo a confabulare ancora una volta con il suo Ciambellano. Poi, dopo averlo congedato, si rivolse ai suoi ospiti.

«Bene, miei cari. Finora vi ho illustrato il mio mondo, ma voi non mi avete ancora detto niente del vostro».

Afferrò una bottiglia di whisky offerta da un Valletto Alienoide, la tracannò in un secondo, si pulì la bocca con il dorso della zampa, poi si mise comodo, reclinando il grande corpo su un lato.

«Allora, sono pronto. Vi ascolto. Fatemi sognare con i racconti dei vostri feroci mondi lontani».

Diablo non riuscì a nascondere la forte tensione, mentre Vampy tentò di dissimulare il terrore, controllando la lunghezza delle unghie in fondo all'ala.

«La Tasmania ... » iniziò a dire Diablo, schiarendosi la voce con tre colpi di tosse, «è un'isola subtropicale della dimensione di 62.000 km quadrati circa. È famosa per la sua fauna unica al mondo, di cui io, nella mia qualità di Diavolo della Tasmania appunto, sono il rappresentante più noto. Subito dopo di me, c'è il mio cugino Vombato che, in quanto a cattiveria, non scherza».

«La Tasmania è conosciuta anche» proseguì Vampy «per la ferocia dei suoi abitanti, che infatti sono quasi tutti cannibali e tagliatori di teste. Le mettono sui davanzali come fossero gerani da ammirare. Per questa ragione è considerata il paradiso dei pipistrelli vampiro anziani. A una certa età vanno tutti a vivere lì perché, quando si perdono i denti, è difficile nutrirsi, forare la giugulare e tutto il resto, e dunque ... »

«Auuuff, che noia!» disse il Drago, sbadigliando rumorosamente. «Tutte queste cose le sapevo già da Wikipedia. Mi aspettavo ben altro tipo di racconto da voi».

«E cioè?» chiese Diablo, con voce un po' troppo debole.

«Le vostre imprese! Le vostre terrificanti imprese!»

«Oh, be'» intervenne allora Vampy. «Una volta ho riempito di terrore dei ragazzi in gita, svolazzando intorno al loro autobus e ... »

Il Drago la fece zittire con un cenno stanco della zampa.

«Vere imprese, caro vampiro, non ridicole pagliacciate carnascialesche».

Un silenzio pesante cadde allora nella sala.

L'attenzione di tutti era volta a capire quello che stava succedendo intorno al trono.

Davanti al mutismo imbarazzato dei suoi ospiti, il Drago riprese la parola.

«Se siete giù di memoria per il *jet lag*, forse vi posso dare una mano. Ogni mattina il vostro primo pensiero è stato quello di spargere il male intorno a voi? Avete ingannato, respinto, ferito, sporcato, ucciso, rubato? Avete avuto in odio tutto ciò che era bello, gentile, compassionevole, cercando di distruggerlo?»

Fissandoli divertito, cercò di dimenare il suo corpo mastodontico, canticchiando:

Questo è il fine del processo,
trasformare tutto in un cesso!

«Ma soprattutto, avete mentito?» continuò poi, tornando serio. «Siete stati capaci di mentire, sempre e comunque, spargendo intorno a voi incertezza e confusione? La bugia è il fulcro del mio Regno».

Diablo si fece forza e, con un ultimo scatto di orgoglio, rispose: «Sire, come potete metterlo in dubbio? I diavoli della Tasmania, per loro natura, mentono sempre».

«E i pipistrelli vampiro mangiano mentine» continuò Vampy, per non lasciare solo l'amico. «Per l'alito, si capisce».

«Interessante! Davvero interessante, ma allora ... » proseguì il Drago, grattandosi distrattamente la gola. «Se tutti i diavoli di Tasmania mentono e tu sei un diavolo di Tasmania, vuol dire che anche tu, in questo momento, mi stai mentendo».

Le ginocchia di Diablo cominciarono a tremare in modo incontrollato.

«Oh no, Vostra Maestosa Menzogna! Non mi permetterei mai!»

Il Drago sospirò con fare teatrale.

«Comunque, queste, alla fine, non sono altro che chiacchiere e io, invece, sono sempre stato un devoto della realtà visibile».

Tastò il suolo intorno al trono alla ricerca del telecomando e, appena il valletto glielo porse, lo offrì a Diablo, dicendo:

«Mostrami dunque il film delle vostre vite».

«Il ... il ... fi ... film?» balbettò Diablo.

«Il film, certo! Non sai che qua sotto c'è l'archivio di tutto ciò che esiste e respira?»

«Certo che lo sappiamo! Soltanto che ... che noi siamo dei tipi riservati, non ci è mai piaciuto calcare le scene, ecco».

«Ma questo non ha nessuna importanza! Che uno lo voglia o no, il film esiste comunque. Altrimenti, se non avessi tutto sotto controllo, che sovrano sarei?»

«In questo momento, non mi ricordo precisamente il canale» disse Diablo maneggiando maldestramente il telecomando. «E ... tu?» chiese a Vampy.

Sul grande monitor apparve una serie di immagini senza alcun senso.

«Ehm, veramente ... » rispose Vampy «ho un vuoto di memoria». Le sue ali membranose tremavano come se fossero accarezzate dal vento.

«Strano» ruggì il Drago, strappando il telecomando dalle zampe di Diablo. «Tutti i devoti del mio Regno conoscono il proprio canale, tutti!»

Il grande corpo gelatinoso iniziò a tremare, come fosse pronto a esplodere. Un valletto andò allora in suo soccorso, portandogli una tanica di cherosene che il Drago tracannò tutta d'un fiato, calmandosi.

Dopo qualche minuto, continuò mellifluo:

«Dato che sono un anfitrione gentile, aiuterò io stesso i miei ospiti smemorelli a ritrovare la traccia registrata della loro vita».

Il Drago digitò una serie di cifre sul telecomando. Lo schermo dapprima si oscurò, poi si riaccese, perse la linea, e infine la ritrovò.

Tutti gli Zombie e gli Umanoidi trattenevano il fiato con gli sguardi rivolti in alto, mentre Diablo e Vampy se ne stavano rattrappiti sulle loro poltrone gabinetto, terrorizzati.

Fin dalle prime tremolanti immagini, Bart/Diablo riconobbe le scale che portavano all'appartamento di Amaranta e Pierfrancesco; rivide l'ingresso, la cucina, il salotto, la camera da letto.

Sembrava non esserci nessuno in casa, ma quando la telecamera arrivò a inquadrare il bagno, le cose disgraziatamente cambiarono. Non c'era ombra di dubbio, erano proprio loro due.

Zoe era in piedi sulla tavoletta e Bart le girava intorno, spargendole del borotalco sulle piume.

In platea scoppiò una fragorosa risata.

Soltanto a un idiota, infatti, poteva venire in mente di cospargere con polvere profumata una gallina, invece che con aromi per lo spiedo!

«Ma, Sire, questi non siamo noi ... » disse Diablo, con la forza della disperazione.

«Bugiardo!» ruggì il Drago, eruttando una spaventosa fiammata che sapeva ancora di cherosene dalle fauci. «Tutti i diavoli della Tasmania sono bugiardi! Guardie! Prendeteli!»

Nella sala si scatenò il caos.

Bart/Diablo schizzò di corsa di qua e di là, inseguito dalle scheletriche mani degli zombie, mentre Zoe/Vampy si levò pesantemente in volo con le sue ali membranose.

«Ma dove va?» si chiese per un nanosecondo Bart, vedendola dirigersi goffamente proprio nella direzione del gigantesco corpo del Drago.

Che cosa pensava di fare?

Forse azzannargli la giugulare?

O invece, essendo poco abile nel volo, aveva semplicemente sbagliato rotta?

«Zoeee!» gridò Bart, con quanto fiato aveva in corpo. «Zoeee!» cercando di fermarla.

Nel momento stesso in cui due Umanoidi con braccia a tenaglia riuscirono ad afferrarlo, dalla bocca del Drago uscì una lingua di fuoco che avvolse le ali di Zoe.

L'ultima cosa che Bart vide fu il corpo della sua amica che, avvitandosi su se stessa, precipitava al suolo.

L'ultimo suono che sentì, furono le risate degli zombie, e l'odore di rosticceria che si diffondeva nella sala.

21. Come farà Bart senza Zoe?

Quanto tempo mancava all'alba?

Da dove stava rinchiuso, Bart/Diablo non riusciva a capirlo.

L'uscita era bloccata da una pesante porta di legno priva di fessure, il cunicolo era scavato nella roccia, senza finestre.

Nei due giorni precedenti l'aveva esplorato al buio, centimetro dopo centimetro, ma non aveva scoperto niente.

L'unica cosa che scandiva il passare del tempo era uno sgocciolio in fondo a sinistra.

Plic plic ploc plic plic ploc

Una falda acquifera che sfiorava la roccia?

O forse la pioggia che lentamente scendeva, infiltrandosi in una faglia?

Quello sgocciolio era stato il suo orologio.

Contando fino a sessanta, era riuscito a capire quante gocce cadevano in un minuto. Moltiplicandole per un'ora, aveva ormai una vaga idea del tempo trascorso.

In quel tempo, nessuno si era fatto vivo, lo sportello in alto non si era mai aperto. Non c'era stata alcuna offerta di cibo o di acqua.

Già, e perché avrebbero dovuto farlo?

Loro sapevano che non aveva nessuna possibilità di fuga.

Volevano farlo morire di fame?

Bart non ne era così sicuro.

Se fosse finito così non sarebbe stato utile ai loro scopi, non ci sarebbe stato alcuno spettacolo.

«Ci divertiremo, ci divertiremo molto» gli aveva ghignato in faccia lo Scarafaggio Gigante, chiudendo la porta con il chiavistello.

Dopo la cattura infatti era stato affidato alle Forze di Polizia del Regno, interamente composte da blatte e da ratti.

Bart non sapeva precisamente di che divertimento stesse parlando lo scarafaggio, ma di una cosa era certo. Loro si sarebbero divertiti, mentre lui non si sarebbe divertito affatto.

Sentiva le gambe cedergli, non sapeva se per la paura o per la fame.

Probabilmente per entrambe le cose.

Plic ploc

"Sarebbe bello svenire" pensò allora Bart. "Non accorgersi di nulla".

L'opposto degli incubi notturni, in cui ci si sveglia spaventati e, quando ci si rende conto che è solo un brutto sogno, si tira un sospiro di sollievo.

Adesso invece Bart stava vivendo una terrificante realtà, e l'unico modo di sfuggire da quel concretissimo incubo sarebbe stato proprio quello di scivolare nel mondo dell'incoscienza.

Aveva provato a mettersi in contatto mentale con il maestro Lu, ma non ci era riuscito.

Ci dovevano essere delle barriere magnetiche che impedivano alle onde della meditazione di uscire da lì.

Mentre Bart era immerso in queste riflessioni, sentì un lieve raspo dietro alla porta.

Scrich, scrich

Il suo carceriere si stava avvicinando.

Dopo un secondo, infatti, lo sportellino si aprì e una lama di luce attraversò la prigione. Gli occhi neri come la pece del suo guardiano si affacciarono nel riquadro luminoso.

«C'è un dono del Capo» gracchiò la Mega Blatta, facendo stridere le elitre. E gli tese un vassoio pieno di ogni ben di Dio.

«Mangia tutto, mangia con gusto. Il Drago vuole che tu sia in ottima forma per potersi divertire al massimo».

Barcollando, Bart si alzò in piedi per afferrare il cibo.

«Buon appetito, Diablo» sibilò il Coleottero Gigante, prima di richiudere lo sportello. «Attento a non inciampare e a non ribaltare nulla!»

Bart depose il vassoio delicatamente al suolo.

Sei candele rosse accese su un candeliere d'argento illuminavano tremolando le preziose cupole coprivivande.

"Speriamo che non ci sia lo stesso menu della sala del trono" pensò, esitando prima di scoperchiarle. Si sarebbe lasciato morire di fame piuttosto che mangiare delle creature viventi.

A dire il vero, il profumo sembrava piuttosto invitante.

Bart si fece coraggio e sollevò la prima cupola, tirando un sospiro di sollievo.

Là sotto, per fortuna, c'era una lasagna fumante, talmente spessa e profumata che, al solo vederla, i suoi succhi gastrici cantarono: *Mangiala! Mangiala!*

Bart affrontò così la lasagna e, subito dopo, si buttò sulle patatine fritte.

Lentamente sentì le forze ritornare nel suo corpo.

Se doveva affrontare una prova – anche se fosse stata l'ultima – era meglio essere in forze.

Pensò alla felicità di Zoe, di fronte a una pappata come quella. Lei non gli avrebbe mai permesso di sprecare tanto ben di Dio. Se non altro doveva farlo per lei, per rendere onore alla sua memoria.

Dato che gli era rimasto ancora un po' di appetito, sollevò anche il terzo portavivande, dal quale scivolò subito fuori un'elegante busta bianca. Bart l'aprì – la grafia era tutta a ghirigori – e lesse:

Con i complimenti di Sua Maestà il Drago.
Buon appetito!

Il cuore di Bart quasi si arrestò.

Il suo sguardo, infatti, era caduto su qualcosa che non

avrebbe mai voluto vedere. Elegantemente adagiato su un letto di lattuga e contornato di patate fumanti, giaceva un bel pollo arrosto senza testa.

«Sei davvero tu?» domandò Bart, con voce tremula.

Il pollo non rispose.

Allungò allora tremando un dito verso la crosta dorata, ma ritirò la mano prima di riuscire a compiere il gesto.

«Sei ... sei ... ?»

Ma prima di riuscire a finire la frase, scoppiò in singhiozzi.

Si lasciò allora cadere come un fantoccio davanti al vassoio chiudendo gli occhi, mentre le lacrime gli inondavano le guance.

«Zoe ... cara Zoe ... » mormorò sconsolato. «Tu mi hai salvato e io ... io non ho saputo farlo».

Sfinito dalle emozioni e dai terrori, Bart passò lentamente dal pianto al sonno.

Prima di addormentarsi, promise alla sua amica che, comunque, avrebbe venduto cara la sua pelle al Drago, tenendo alto il loro onore.

22. La sfida finale al Mondo delle Tenebre

Fu risvegliato all'improvviso da un frastuono di voci e di applausi.

Da qualche parte una folla eccitata urlava, percuotendo con bastoni e bacchette tutto ciò che era percuotibile, ripetendo ad alta voce il suo nome.

Bart si alzò in piedi e cercò di pulirsi il viso con le zampe.

Aveva ancora la pelliccia di Diablo addosso, ma i pensieri, i sentimenti, e soprattutto il coraggio, erano sempre e solamente i suoi.

Si sentiva come un sopravvissuto a un veglione di carnevale; la festa era finita e lui si era dimenticato di togliersi il costume.

Nessuno aveva più voglia di ridere.

Tra un po' avrebbero aperto la porta della cella e sarebbe stato trascinato nell'arena dove la sua vita – sicuramente in modo terrificante – sarebbe finita in pochi minuti.

Pensò allora a maestro Lu, ai suoi insegnamenti, e gli tornarono in mente le parole della nonna di Zoe: *Quando sei nell'arena, anche se non sei un gallo devi combattere.*

Si mise allora a meditare su una gamba sola, la sua posizione preferita. Poi, quando fu completamente raccolto in se stesso, cominciò a muoversi lentamente nella cella eseguendo la Danza dell'Airone e della Tigre.

Aveva appena finito quando, con un cigolio che sembrava la voce di un ratto, la pesante porta si aprì.

Si trovò davanti a un manipolo di scarafaggi con la divisa delle grandi occasioni – alamari d'oro e copricapo con piume di struzzo – che lo scortarono, spintonandolo brutalmente, fino all'uscita dalle prigioni.

Lì, fu preso in consegna dal Gran Visir delle Guardie Ratto e rinchiuso in una gabbia mobile, costituita dalla cassa toracica di un ippopotamo e trascinata con passo marziale da scarabei giganti, addobbati a festa come cavalli di una corte imperiale.

Fu solo allora che Bart riuscì a vedere, attraverso le costole che fungevano da sbarre, l'origine di quel frastuono talmente assordante da risvegliarlo fin nella profondità della sua cella.

Ai lati della strada era ammassata una folla davvero stratosferica. Probabilmente l'esecuzione non era stata fatta subito, pensò Bart, soltanto per permettere a un pubblico sempre più numeroso di partecipare all'evento.

Nella ressa che faticosamente si apriva al suo passaggio, infatti, oltre ai soliti Umanoidi, agli Zombie e ai molti Ratti Giganti in libera uscita, Bart notò anche parecchi Lupi Mannari, un numero consistente di veri Vampiri e altre Creature Mostruose di cui non avrebbe saputo dire il nome.

Davvero l'evento che stava per compiersi doveva aver chiamato a raccolta l'intero Mondo delle Tenebre!

A un tratto, il blindato si fermò.

Erano arrivati davanti a un'enorme porta che, fino ad allora, Bart non aveva mai visto. Il Gran Visir estrasse dal mantello un telecomando e, silenziosamente, scivolando sulle rotaie, il portone si spalancò.

La prima cosa che colpì Bart, entrando, fu una strana collosa umidità, unita a un odore di cloro che gli risultò piuttosto familiare.

A stento trattenne un urlo, quando vide di cosa si trattava.

Orrore!

Una piscina!

Una vera piscina olimpionica, con le corsie regolamentari, i trampolini di tutte le misure, circondata ai quattro lati da grandi gradinate già gremite da una folla febbricitante per l'eccitazione.

Da parecchio tempo non doveva esserci stato uno spettacolo del genere, là dentro.

L'enorme e ragnatelosa mole del Drago se ne stava mollemente abbandonata proprio di fronte al trampolino.

«Benvenuto!» tuonò, appena le guardie lo fecero scendere dal carro. «Benvenuto da tutti noi, caro Diablo! O Bart? Come preferisci essere chiamato?»

«Bart!» rispose fiero, guardandolo fisso negli occhi.

«Va bene, caro Bart. E allora permettimi, prima che lo spettacolo abbia inizio, di ringraziarti a nome di tutto il Mondo delle Tenebre per la serata di svago che tra poco ci regalerai».

Il Drago fece una pausa, e il Gran Ciambellano si precipitò a offrirgli la solita bottiglia di whisky.

«Parlare mi secca un po' la gola» commentò, svuotandola in un sol sorso e restituendola allo zombie.

«Vedi, Bart, avrei potuto carbonizzarvi, tu e la tua stupida amica con le ali, appena vi ho visto comparire sulla porta. Due mucchietti di cenere e tutto sarebbe finito. Appunto, sarebbe finito tutto e qua sotto, un secondo dopo, sarebbe ripreso il solito *tran tran*. La mia, la nostra gratitudine allora va a voi due, perché la tua, la vostra stupidità ci ha permesso – e ci permetterà almeno per un po' – di dimenticare la noia. Ormai che sei alla fine della tua breve vita, te lo posso confessare. Qui sotto moriamo di tedio, da milioni di anni è sempre la stessa minestra. È vero, la tecnologia ci permette ormai di dominare il mondo intero, niente più missioni in incognito, niente più travestimenti, niente avventure, ma, come dire? Le battaglie sono ormai troppo facili. Che soddisfazione c'è, infatti, a vincere chi non sa neppure che deve combattere?»

Il Drago fece una pausa, e sospirò.

«Lo so, la gratitudine è un sentimento disdicevole, ma purtroppo la noia porta anche a questo. Comunque» continuò ridendo, sconquassato dalla sua tosse catarrosa, «è pur sempre gratitudine per un'esecuzione capitale. Dunque, *yakyakyak*, possiamo anche permetterci di provarla».

A quel punto, il Drago sollevò la sua grande coda e la fece ricadere tre volte pesantemente al suolo:

Tonf! Tonf! Tonf!

proclamando a gran voce:

«E allora, basta con le malinconiche speculazioni. Che lo spettacolo cominci!».

Il boato che si alzò dalla folla fu spaventoso.

Le luci si abbassarono, e il solito corpo di ballo di scheletri irruppe nella piscina. Una parte danzò sui bordi e un'altra, con estrema grazia, si gettò in acqua, eseguendo, da magnifiche sincronette, la danza che accompagnava il loro inno.

Questo è il fine del processo,
trasformare tutto in un cesso!

«*In un cesso! In un cesso!*» faceva eco la folla, rombando dagli spalti.

Quando lo Scheletrico Corpo di Ballo si congedò, scese un buio totale nella sala.

Dopo un attimo, un faro potente andò a illuminare Bart.

Il prigioniero venne solennemente scortato fino ai piedi del trampolino da due Ratti Guardie, che rimasero alle sue spalle per evitare ogni suo tentativo di fuga.

Quando le luci, d'improvviso, si riaccesero, Bart si trovò proprio di fronte al Drago e vide con terrore che stava tracannando con avidità una grossa tanica di cherosene appena portata dai valletti.

«Spero che ti piaccia giocare a pallafuoco» disse poi, mellifluo.

Le sue parole furono seguite dagli sconquassi spaventosi della sua tosse.

Squark, squark, squark

Appena si fermarono, riprese:

«Personalmente, l'adoro. Dunque, ti spiego le regole. Tu fai la palla e io faccio il fuoco. Ogni volta che vieni a galla, io cercherò di colpirti. Naturalmente, tu puoi metterti in salvo sott'acqua, finché ce la fai. È vietato barare, tipo appoggiarsi ai bordi, usare le bombole o trasformarsi in una foca. D'accordo?».

Bart cercò di immaginare quello che di lì a poco sarebbe successo, senza perdere il controllo.

«Ah, dimenticavo! Ti ho fatto recapitare un bel pranzetto, spero sia stato di tuo gradimento, *yark yark*, perché desidero che tu sia in forze e il gioco duri a lungo… »

Ci fu un lungo e cupo rullo di tamburi.

La folla non riusciva più a contenere la sua eccitazione, alcuni cominciarono anche a lanciare in acqua spazzatura di ogni tipo.

«Salta! Salta Bart!» gridavano tutti a squarciagola.

Bart allora raggiunse la cima del trampolino.

Da lassù provò la flessibilità dei muscoli e delle articolazioni, con fare professionale, poi, senza che nessuno lo spingesse o lo trascinasse, aprì le braccia ed eseguì un perfetto tuffo a volo d'angelo.

Svammp!

La lingua di fuoco gli ustionò i piedi un istante prima che il suo corpo scomparisse nell'acqua.

Bart rimase sotto per tutto il tempo che i suoi polmoni gli concessero, poi schizzò fuori veloce come un fulmine, giusto per prendere una boccata d'aria, e subito dopo si inabissò nuovamente, evitando che una nuova fiammata gli incendiasse la testa.

Per fortuna, la grande quantità di immondizia che il pubblico continuava a lanciare stava facendo il suo gioco, formando delle piccole isole, sotto le quali Bart poteva nascondersi, uscendo a sorpresa, ogni volta in una parte diversa della piscina.

Le lingue di fuoco del Drago lampeggiavano come serpenti, percorrendo velocissime la superficie dell'acqua, senza riuscire a colpirlo.

Bart si sentiva abbastanza in forma, ma allo stesso tempo si rendeva anche conto che le sue energie non sarebbero durate in eterno. Ormai aveva il fiatone, gambe e braccia cominciavano a non rispondere più ai suoi comandi.

"Non sarebbe meglio uscire e farsi arrostire in un sol colpo?" pensò a un tratto, esausto.

Certo, se lo avesse fatto, avrebbe anche accorciato lo spettacolo...

Ma la nonna di Zoe non avrebbe approvato!

E neppure il maestro Lu!

"Combatti!" si disse allora. "Perché, fino all'ultimo istante, non puoi sapere chi sarà davvero a scrivere la parola *fine*".

In quel preciso istante, trattenendo il fiato, Bart si accorse che, all'esterno, stava succedendo qualcosa di sorprendente e imprevisto. Pur attutito dall'acqua, sentì un boato di meraviglia esplodere tra la folla.

Alzò lo sguardo e vide un raggio di luce dirigersi verso il Drago.

Più che un raggio di luce, in realtà, sembrava un frammento di arcobaleno.

Cosa poteva essere?

Le lingue di fuoco erano cessate.

Nessuna più serpeggiava, perlustrando la superficie dell'acqua.

Nascosto da grandi foglie di cavolo, Bart timidamente sbirciò fuori dall'acqua.

Incredibile!

Non si sentiva un respiro, un colpo di tosse.

Il silenzio era assoluto.

In quella sospensione irreale, a Bart sembrò di sentire una voce melodiosa trasportata da un vento leggero.

«Mistral… Mistral…»

Volse allora la testa nella sua direzione e vide che, in cima al trampolino, c'era una colomba bianca. E si accorse anche che, davanti a quell'imprevista visione, il Drago sembrava scivolato in un inafferrabile smarrimento.

«Prendetela!» disse infatti alle guardie, ma senza alcun vigore.

La colomba non si mosse, imperturbabile.

«Mistral! Non mi riconosci, dunque?»

Il flaccido e squamoso mento del Drago cominciò debolmente a tremare, mentre la colomba intonò un canto:

Dimori in una macchia, o gentil fiore,
giglio dei gigli pieno di dolcezza...

A quel punto, non solo il mento, ma tutto il resto dell'enorme corpo iniziò a vibrare come una gelatina di menta trasportata su uno skateboard e, da quella massa schiacciata dal peso dei millenni, uscì una vocetta timida e incerta come quella di un bambino che ha appena imparato una poesia.

Colomba che sul poggio hai fatto sala,
colomba che nel sasso hai fatto il nido,
dammi una penna della tua bell'ala.

Sentendo quelle parole, la colomba socchiuse dolcemente gli occhi:

«Bravo, Mistral. Vedo che te la ricordi ancora».

«Ma allora, tu sei... sei davvero...» balbettò il Drago, incredulo. «Sei davvero Zefira?»

«Sì, Mistral, sono proprio io».

Il pubblico cominciò a rumoreggiare inquieto.

Non riusciva a farsi una ragione di quello sdolcinato fuori programma.

E per quale motivo il loro Capo Supremo non aveva incenerito all'istante quello stupido volatile?

In quell'essere gelatinoso che balbettava non riuscivano più a riconoscere il loro imperioso e impietoso Sovrano.

«Zefira, Zefira» continuava intanto a ripetere, come se si fosse incantato il disco, mentre il suo sguardo sembrava scivolato in un'altra dimensione. «Zefira! Ma come è possibile?» domandò incerto il Drago. «Tu non eri ... ?»

La colomba arruffò le piume poi, con la voce affettuosa di una mamma in pena, disse:

«Mistral, Mistral! Non ti ricordi le nostre notti e i nostri giorni insieme? Hai forse dimenticato il vento che accarezzava l'erica nella brughiera? E quando la luna piena illuminava la terra e il cielo, e noi stavamo seduti uno accanto all'altra sulla scogliera, a guardare le sfumature d'argento che la sua scia luminosa formava sulle onde del mare? Riuscivi a entusiasmarti persino nei giorni di tempesta. C'era sempre qualcosa che ti riempiva di meraviglia. E quando giocavamo? E quando tu sparivi nel paesaggio e io volavo intorno a cercarti?»

Il grande Drago ascoltava tutto a testa bassa, come se, nelle sue fibre più profonde, stesse insinuandosi uno spaventoso avvilimento.

«Sì, mi ricordo» disse con un filo di voce bassissima. «Ma ricordo anche che ... »

«Che ... ?»

«Che tu eri morta. Che ti avevano ucciso!».

«Mistral, Mistral, come hai potuto farti abbagliare così dalle apparenze? Non hai capito che la poesia non muore mai? Mai!» disse la colomba, con espressione seria. «Puoi ucciderla nel tuo cuore, ma non puoi ucciderla nella vita, perché è lei che rende vivo ogni istante. Che lo rende vivo e diverso da tutti gli altri. Tu eri il mio amico del cuore perché ti stupivi per ogni cosa. E ora, invece ... come ti ritrovo?»

«Be', sono un po' invecchiato», tentò di giustificarsi il Drago. «Ho messo su un po' di chili».

«Più che vecchio o sovrappeso» ribatté la colomba, «mi sembri annoiato».

«Effettivamente ... » sospirò «vivere sempre qui sotto, alla fine, sai com'è. Controllo tutto. Tutti mi obbediscono, ma la luce del sole è lontana e allora ... ».

«Ti ha costretto qualcuno, Mistral?»

«Veramente no», mormorò il Drago, senza alzare lo sguardo. «Io ... io l'ho fatto per amore tuo. Volevo vendicarti. Volevo che tutti pagassero per la tua fine».

«La vendetta conduce in un deserto. Come hai potuto pensare di distruggere tutto ciò che è bello?»

«Volevo che nessuno più fosse felice, dato che io non potevo più esserlo, senza di te».

La colomba scosse la testa sconsolata.

«Per amore non si distrugge mai. Ti sei messo in una gabbia da solo e, in questa gabbia, hai cercato di mettere anche il mondo. E i tuoi doni? Che ne hai fatto dei tuoi doni?»

Il Drago si ricordò allora della gioia che aveva provato, un tempo, quando riusciva a sparire nell'ambiente circostante.

Com'era bello avere un corpo e, al tempo stesso, mimetizzarsi in ogni cosa.

Com'era bello sorprendere tutti, riapparendo nei momenti più imprevisti.

Com'era stato bello essere il timido Drago Camaleonte!

Lui era stato diverso.

Sapeva da sempre di essere diverso e aveva cercato di far diventare diversi anche gli altri draghi. Ma poi ... aveva finito per diventare peggio di loro!

A un tratto, sentì una grande disperazione inondare il suo cuore.

Sollevò la testa e si guardò intorno.

Davanti a lui, c'era una piscina piena di spazzatura, dentro la quale si nascondeva un ragazzo che lui stesso aveva condannato a morte.

Gli spalti erano pieni dei suoi fedeli sudditi, esseri vuoti, senza un pensiero in testa, senza un sentimento nel cuore, con i quali non avrebbe potuto scambiare neppure una parola senza annoiarsi a morte.

Da millenni non vedeva sbocciare un fiore, né aveva potuto commuoversi davanti a un tramonto sul mare.

A un tratto, il Drago si rese conto che il motto del suo Regno l'aveva applicato soprattutto a se stesso.

La sua vita, un tempo piena di libertà e fantasia, si era trasformata davvero in una claustrofobica e maleodorante prigione.

Il suo immenso ventre squamoso venne scosso da potenti singhiozzi, che si mescolavano a spaventosi colpi di tosse.

Sgranz, sgranz

«Hai ragione, Zefira» disse, mentre abbondanti lacrime scendevano lungo il suo volto. «Ho tradito il nostro sogno, ho sbagliato tutto. Non mi resta che ... »

«Invece di programmare disastri, perché non ricominci da capo?» disse con voce flautata Zefira, dall'alto del trampolino.

«Ricominciare?» balbettò confuso. «Alla mia età è impossibile. Sono troppo vecchio. Ho migliaia di anni sulle spalle».

«Io direi che sei solo troppo annoiato. Rinunciando ai tuoi doni, hai rinunciato alla speranza. Se non c'è speranza, non c'è più un orizzonte. E senza orizzonte, è vero, si diventa vecchi. Vecchissimi».

Mistral allargò le braccia, sconsolato.

«Ma da dove posso ... ?»

«Dalle cose più semplici».

«Ad esempio?»

«Salva il ragazzo!»

Durante questa lunga conversazione, tutti sembravano essersi dimenticati di Bart che se ne stava ancora a mollo in acqua, con una foglia di cavolo in testa. Da lì, non aveva perso una sola parola del dialogo tra Zefira e Mistral, e più la conversazione andava avanti, più sentiva crescere dentro di sé un profondo senso di disagio.

Non si era mai reso conto, infatti, di quanto l'infelicità dominasse il mondo del Drago.

La gioia di distruggere, dunque, non era una vera gioia, ma soltanto la maschera di una devastante insoddisfazione. Il Drago aveva cercato in tutti i modi di distruggere il *Regno Eremita*, perché lassù esisteva ancora la vera gioia.

Era stata solo l'invidia a spingerlo a voler cancellare ogni traccia di quel mondo in cui anche lui, un tempo, era stato felice.

Mistral dapprima non sembrò reagire alle parole di Zefira.

Poi, con la fatica che la mole del suo corpo imponeva, si

mosse verso la scaletta della piscina e, da lì, allungò la zampa in direzione di Bart, invitandolo a uscire.

Bart esitò.

Guardò Zefira, che sembrò incoraggiarlo, socchiudendo gli occhi in segno di assenso. Fissò ancora una volta il volto di Mistral, stravolto dal pianto. Poi, con la foglia di cavolo ancora in testa, si decise a nuotare verso la scaletta.

Mistral lo afferrò, deponendolo delicatamente sul suo palmo aperto, sollevandolo all'altezza del suo sguardo.

Dalla sua bocca usciva ancora un terribile odore di cherosene, sembrava di stare accanto a una stufa difettosa.

Per la prima volta, dietro gli occhi fiammeggianti del Drago, Bart intravide lo sguardo disperato di chi era stato da troppo tempo abbandonato.

«Mio piccolo Diablo» disse allora Mistral. «Mio piccolo, coraggioso Diablo, dal profondo del mio cuore ti prego: perdonami!»

Un silenzio assoluto scese sulla sala.

Tutti i presenti sapevano che, dalla risposta del ragazzo, dipendeva anche il loro futuro.

Bart inspirò profondamente. Raccolse tutte le energie in se stesso e rivide la rovina del *Regno Eremita*.

La spazzatura sulla spiaggia e i delfini agonizzanti.

Vide i monitor da dove venivano rapite le anime delle persone per essere poi manipolate, e vide anche l'ultimo volo di Vampy, le fiamme che avvolgevano le sue ali e la facevano precipitare roteando su se stessa.

Bart espirò e inspirò varie volte.

Pensò al maestro Lu, alla sua calma, alla sua pazienza, alla sua ferma volontà di salvare il *Regno Eremita*.

Chiuse gli occhi e, quando li riaprì, scorse le squame del muso del Drago ormai lucide per le troppe lacrime.

Lo fissò ancora una volta, inspirando ancora più profondamente.

Alla fine, espirando, disse:

«Sì, io ti perdono».

La folla senza cuore e senza cervello non riusciva a comprendere cosa stesse succedendo. Ondeggiava di qua e di là, senza sapere di preciso cosa dovesse fare.

Bart, preoccupato, si girò verso gli spalti.

E se si fossero ribellati al loro capo?

Ma, proprio mentre pensava questo, davanti ai suoi occhi accadde qualcosa di straordinario.

A uno a uno gli Zombi, gli Umanoidi, i Licantropi, i Vampiri, si stavano trasformando in iridescenti bolle di sapone.

Plic Plic Plic

Da quanto tempo Bart non sentiva un rumore del genere?

Bolle più piccole, bolle più grandi che, sfiorandosi,

Plic Plic Plic

esplodevano sparendo, una dopo l'altra.

In breve, sulle gradinate, degli abitanti del Regno delle Tenebre non rimase che qualche piccola traccia: una scarpa, un portasigarette, dei bottoni, qualche dentiera appartenuta ai vampiri più anziani.

Zefira, intanto, era volata sulla zampa del Drago, accanto a Bart/Diablo e gli aveva bisbigliato:

«Seguimi, senza mai perdermi di vista».

Alcuni secondi dopo, lo smisurato corpo del Drago cominciò a tremare in modo spaventoso. Sobbalzava, ondeggiava, scendeva e risaliva come se al suo interno ci fosse un'incontenibile onda di energia che volesse uscire.

Prima di perdere completamente il controllo, il Drago con delicatezza posò Bart a terra.

Appena lo ebbe fatto, la sua massa assunse le proprietà del mercurio e iniziò a dividersi in una serie infinita di sfere che correvano, incontrollate, da tutte le parti.

Bart restò a lungo incantato a guardare questo incredibile spettacolo.

Le palline correvano tutto intorno e intanto, da mercurio, si erano trasformate in cristalli.

Ognuna emanava una luce meravigliosa e, in quella luce, si potevano ammirare tutti i più bei paesaggi della terra.

C'erano montagne innevate là dentro, e la misteriosa fioritura dei deserti. C'era la giungla, con le sue cascate, e c'erano le bianche scogliere a picco sul mare.

Fu la voce di Zefira a distoglierlo da quell'incanto.

«Ce l'ha fatta» disse. «Ha scelto la felicità ed è tornato a essere Mistral, il gentile Drago Camaleonte nascosto nelle cose più belle del mondo».

Uno schianto interruppe la sua frase.

Zefira sembrò allarmata.

«Dobbiamo fare presto!»

Di colpo, il tetto della sala crollò, precipitando con tutto il cemento e le travi nell'acqua della piscina.

Tutto, intorno a loro, aveva cominciato a scricchiolare e a gemere, come un vecchio battello di legno sbattuto da una tempesta.

Battendo le ali Zefira varcò la grande porta di accesso.

«Corri!» gridò a Bart. «Senza il Drago, il Regno si disintegra!»

Più che una tempesta, sembrava di essere nel mezzo di un terremoto di proporzioni spaventose.

La terra cominciò a oscillare sotto i piedi di Bart.

«Presto! Si stanno aprendo le bocce di vetro!» gridò Zefira.

«Non ce la faccio, è quasi impossibile muoversi. Non capisco da dove possiamo ... »

«Non capire, corri! Mancano pochi metri e poi, come diceva mia nonna ... »

Bart alzò lo sguardo e restò impietrito.

«Hai avuto anche tu una nonna, o sei ... ?»

«Le spiegazioni a dopo!» disse Zefira. «Adesso si salvi chi può!»

Intanto erano arrivati davanti a quello che rimaneva del montacarichi.

Zefira volò subito sopra e gli gridò.

«Salta, Bart!»

Appena Bart l'ebbe raggiunta, la piattaforma cominciò a roteare vorticosamente su se stessa, risucchiandoli verso l'alto.

Swuuuoschh!

23. Ritorno a casa

L'atterraggio fu come tutti gli atterraggi.

Traumatico.

Bart si sentiva come se fosse una camicia appena uscita da una lavatrice.

Stomaco nelle orecchie e testa che girava vorticosamente.

Si accorse subito di aver perso le sembianze di Diablo e di essere tornato il solito Bart.

Niente più pelliccia scura, niente più unghioni.

E, con grande stupore, si accorse anche che accanto a lui, impigliata tra i rami di un cespuglio, invece di Zefira, c'era Zoe.

Si stava contemplando desolata le ali.

«Non ne posso più di tutte queste centrifughe! Con tutte le piume che perdo ogni volta, ormai, più che una gallina, sembro un vecchio spolverino!»

«Zoe!» gridò Bart. «Sei proprio tu!»

«Perché, ti sembro qualcun'altra, Ciccio?»

Bart si portò allora le mani alla testa.

«Mi sento tanto confuso. Non capisco più niente. Come mai siamo qua? E poi dove siamo?»

Zoe si guardò intorno.

«Non ho grandi competenze in materia, ma a occhio e croce mi sembra un parco».

In lontananza si intravedeva un laghetto con le papere e i cigni, circondato da aiuole ordinate, piene di narcisi e di viole del pensiero.

«Ma è il parco del maestro Lu!»

Intanto si erano liberati entrambi dai cespugli.

«Adesso però voglio sapere tutto!» disse Bart. «Tu sei Zefira o Zoe? O tutt'e due? Non ci capisco più niente. E poi, il Drago non ti aveva bruciata? Ti ho visto con i miei occhi!»

«Certo, mi ha arrostito le ali membranose di Vampy, ma … »

«Ma?»

«Ma hai dimenticato una cosa … »

«Che cosa?»

«Il talismano del maestro Lu!»

«Ma se non ci ha spiegato come si usava!»

«A volte non occorre spiegare».

«Vuol dire che tu conoscevi la parola magica?»

«A dire il vero», rispose Zoe, «non credo ci fosse nessuna parola magica».

«E allora?»

Bart non stava nella pelle.

«Allora, quando quella palla di lardo squamosa mi ha arrostito le ali e sono precipitata al suolo, mi sono ricordata di avere con me il talismano. E così l'ho usato».

«Ma usato come?»

«Be', ti avevo detto che aveva un profumino delizioso».

«Non ci posso credere! Vuoi dire che l'hai mangiato?»

Zoe annuì soddisfatta.

«Proprio così, ed era anche buonissimo».

«Sei diventata un fachiro? Adesso ti mangi anche i ciondoli?»

«Oh, ma non era affatto un ciondolo, altrimenti non l'avrei digerito».

«E che cos'era allora?»

«Un chicco di grano, Ciccio».

«Un chicco di grano?»

«Sì, buonissimo, tra l'altro. L'ho mangiato e ... »

«E ... ?»

«Dato che ero disperata, gli ho detto la prima cosa che mi è venuta nel becco».

«E cioè?»

«Salvami!»

«Ed è stato allora che ti sei trasformata in Zefira?»

«Proprio così. Alla fine è stato il chicco a salvarci e a fermare la distruzione del *Regno Eremita*. Un semplice chicco. Anche se, a dire il vero, Ciccio, tutta questa storia mi ha lasciato un po' di amaro nel becco».

«E perché?»

«Be', non credi che, con tutta la fatica che ho fatto e i pericoli che ho corso, mi sarei anche meritata di rimanere per sempre una leggiadra e snella colombella, lasciando nell'altra vita le mie robuste cosciotte da gallina?»

«Non lo so» rispose Bart. «Comunque, io ti preferisco così, come Zoe. C'è più roba da abbracciare».

Rimasero per un po' così, stretti una all'altro. Bart aveva il naso sprofondato tra le penne e Zoe emetteva dei piccoli versetti sommessi, come se stesse richiamando i suoi pulcini.

Era una magnifica giornata di maggio, i tigli erano fioriti e il loro profumo si spandeva per il parco.

Da poco lontano, giungevano le voci allegre e concitate dei bambini che si inseguivano in bicicletta sulla ghiaia dei viali.

Quando Zoe vide un merlo combattere lungamente per estrarre un verme nel prato accanto a loro, si distolse dall'abbraccio.

«Scusa, Ciccio. Il dovere mi chiama!»

«Quale dovere?»

«Il dovere della pappata!»

Bart scosse la testa divertito e si sedette sull'erba a guardare con tenerezza la sua amica che razzolava alla ricerca di vermi.

Alla fine, quando Zoe fu sazia, tornò da lui.

«Ah, non mi sembra vero» disse soddisfatta. «Finalmente dei sani, robusti, gustosi, divincolanti vermi terrestri!»

«E io?»

«Se vuoi, ti accompagno al carretto dei gelati».

«Non mi riferivo al cibo, pensavo che ... »

«Forse, devi trovare prima qualcuno che te lo compri, il gelato».

«Già, credo di sì».

Camminando uno accanto all'altro, perlustrarono in lungo e in largo il parco. Era pieno di gente, e tutti avevano quell'espressione allegra e aperta alla vita che di solito si ha nel mese di maggio.

Anche gli animali sembravano indaffaratissimi.

Gli uccellini decollavano faticosamente dal prato,

appesantiti dalla paglia e dai rametti che avevano nel becco per fare il nido, mentre gli scoiattoli correvano di qua e di là, alla ricerca di cibo da portare alle loro signore in dolce attesa.

Quando ormai Bart cominciava a sentirsi scoraggiato, vide, su una panchina poco lontana, una figura che gli apparve subito familiare.

Era china in avanti, come se fosse molto stanca o si fosse addormentata.

Avvicinandosi, Bart vide che era sua madre.

«Ama ...» bisbigliò Bart, sfiorandole delicatamente il braccio.

Amaranta alzò la testa e lentamente aprì gli occhi.

«Mi sento tanto confusa, ho come un velo davanti agli occhi» disse, con voce ancora incerta. «Non capisco che cosa mi sia successo».

Bart le afferrò entrambe le mani.

«Sono io, sono Bart!»

Amaranta lo scrutò per un po' in silenzio, ancora stordita. Poi, all'improvviso, si accese una luce nei suoi occhi.

«Bart!» ripeté piano. «Mio piccolo Bart! Sei tu, bambino mio! Quanto mi sei mancato!» e allungando le braccia, lo tirò forte a sé.

«Sono un po' sporco. Non hai paura dei batteri?»

«Batteri? Ma cosa stai dicendo? Stringimi subito forte, forte. Ho tanta nostalgia del tuo profumino».

Bart sprofondò in quell'abbraccio.

«Credo di aver fatto un bruttissimo sogno, tesoro».

Bart le diede un bacio sulla guancia.

«Non ti preoccupare, Amaranta, è tutto finito».

«Amaranta? Da quando in qua le mamme si chiamano con il nome di battesimo? Io sono la tua mamma e devi chiamarmi solo e soltanto mamma».

«E un giorno, i miei bambini potranno chiamarti nonna?» chiese ancora incredulo Bart.

«Certo, tesoro. E io sarò felice di prenderli in braccio e soffocarli di baci, come sto facendo con te».

Rimasero così, uno ad ascoltare il respiro dell'altra.

Per non essere indiscreta, Zoe razzolò svogliatamente intorno alla panchina.

A un certo punto, si sentì nell'aria echeggiare il suono delle campane.

Don Don Don!

La mamma balzò in piedi.

«Sono già le sei! Sta tornando papà. Voglio fargli una sorpresa».

«Che tipo di sorpresa?»

«Preparargli il suo piatto preferito».

«E quale sarebbe?»

Bart si ricordava che Pierfrancesco era terrorizzato dai grassi insaturi e dai carboidrati.

«Le lasagne!»

«Ma non sono troppo caloriche?»

«Caloriche? Ma cosa stai dicendo? Se sono la cosa più buona del mondo. Tuo padre le adora! Andiamo, presto, prima che chiudano i negozi».

Di buon passo percorsero il vialetto, passando davanti al venditore di gelati.

«Ti va un cono?»

«Certo!» rispose Bart. «Vaniglia e cioccolata!»

«Per me, vaniglia e fragola!»

Poi, leccando allegramente i gelati, si avviarono verso l'uscita del parco.

Solo allora, la mamma si accorse di quella gallina che li seguiva ostinatamente.

«La conosci?» chiese a Bart, indicandola con il braccio che reggeva il cono.

«*Ooops*, che stupido! Mi sono dimenticato di presentartela. Si chiama Zoe, è una mia amica».

Sentendo il suo nome, Zoe batté felice le ali.

«Una tua amica?» ripeté la mamma, meravigliata.

«Una mia grande, grande amica» ribatté Bart.

Amaranta squadrò Zoe, perplessa.

«Abita qui al parco?»

«Ehm, no, veramente. Non ha famiglia. Credo che sarebbe felice di venire con noi».

«Ma non abbiamo giardino...»

«Non ti preoccupare, mamma. Lei è una gallina molto cittadina».

«Se si accontenta del terrazzo... In fondo hai sempre

ICE CREAM
SHOW
TORE

desiderato avere un animaletto per casa, vero? Gallina o cane, che differenza c'è? L'importante è che ti voglia bene».

«Su questo, non ci piove».

«Credi che soffra la macchina?»

«Penso di no. Ha viaggiato molto».

«Allora, magari quest'estate la portiamo con noi in campagna dai nonni. Ti ricordi che bel gallo hanno?»

«Credo che ne sarebbe felice. Ha sempre sognato di diventare una chioccia».

A quelle parole Zoe sbatté ancora le ali, felice.

Era un momento davvero magico, la luce del crepuscolo primaverile inondava la terra e i raggi del sole facevano risplendere d'oro ogni cosa.

Andando verso l'uscita, Bart e Zoe videro, sul prato, un cinese molto anziano che si esercitava solitario nella sua arte, muovendosi con la grazia e la leggerezza di un fenicottero. Lo seguirono a lungo con lo sguardo, sorridendo.

«Dimmi un po', Bart» li interruppe la mamma. «Ma com'è che sei diventato amico di una gallina?»

Bart fece un profondo sospiro.

«Oh, mamma!» rispose. «Questa è davvero una lunga, lunghissima storia».

Fine

Indice

I LIBRI DI SUSANNA TAMARO

Il cerchio magico

Illustrazioni di Adriano Gon

Nel Cerchio Magico nascosto tra gli alberi non ci sono odio e dolore, ma solo armonia e comprensione: persino topi e gatti sono gentili tra loro. Ma poi i giornali hanno diffuso il sospetto che nel parco si nascondessero belve pericolose, e il solerte Triponzo si è messo a capo di un esercito di rulli compressori, distruggendo il parco e chiudendo il "bambino selvaggio" nella sua villa-prigione...

192 pp. / € 7,50

Cuore di ciccia

Illustrazioni di Adriano Gon

Michele è un bambino grasso, che ha come unico amico il frigo Frig. La mamma di Michele è una donna molto bella, magra e in perfetta forma e non accetta il corpo di suo figlio, non riesce a capire per quale motivo sia così grasso: più fa ginnastica, più Michele ha fame. Lei non può sapere che Frig racconta delle bellissime storie e che la solitudine di Michele sembra meno brutta quando lo apre.

192 pp. / € 7,50

Il grande albero

Illustrazioni di Adriano Gon
144 pp. / **€ 9,90**

Tobia e l'angelo

Illustrazioni di Adriano Gon
144 pp. / **€ 7,90**

PER I PIÙ PICCOLI

Papirofobia

Illustrazioni
di Chiara Pasqualotto
64 pp. / **€ 5,90**